カクテル、ラブ、ゾンビ

チョ・イエウン
カン・バンファ＝訳

かんき出版

칵테일, 러브, 좀비

COCKTAIL, LOVE, ZOMBIE
By Cho Yaeun

Original Korean edition published by SAFEHOUSE, INC.
Japanese translation rights arranged with SAFEHOUSE, INC.
through BC Agency.

This book is published with the support of
the Literature Translation Institute of Korea(LTI Korea).

日本語版への序文

日本の読者のみなさま、初めまして。『カクテル、ラブ、ゾンビ』の著者チョ・イェウンです。この場を借りてご挨拶できてとても嬉しいです。

これを書いているのは七月を目前にしたある夏の夜です。もうすぐ日が変わるという時刻、わたしはとてつもなく不思議な気分に包まれています。この短篇集を出した二〇二〇年のころは、自分の本がほかの国の言葉に翻訳されるなどとは夢にも思っていませんでした。作家としての目標や具体的な夢があったというよりは、さしあたって物語を書くという喜びを追いかけたにすぎなかったからです。ホラー小説を書くようになった理由もさして変わりません。ホラーマニアだという自負はありますが、小説を書くときは「怖いものを書きたい」という気持ちより、「書きたい物語を書こう」という気持ちのほうが大きいです。その結果としてホラー小説に分類されるのですから、やはり人の好みというのは侮れないようです。

この時代に小説などという無用なものを書く理由はなにかと尋ねる人もいました。言い返してやりたい気持ちは山々でしたが、言い争いになるのが面倒で笑って流しました。そんなわたしがふと我に返ってみると、いまこうして序文を書いています。それほど遠い記憶でもないのに、ずいぶん昔のことのように感じられるあのときのことを、最近になってよく思い出します。きっと、わたしの人生においていちばん正直で無計画だったころではないでしょうか。当時の小さな衝動が、わたしをいまこの瞬間に連れてきてくれたという事実に驚くばかりです。

学生時代、数学の宿題をするのが嫌でネットサーフィンをしていたとき、『ロング・ラブレター～漂流教室～』という日本のドラマを知りました。西洋が背景になった作品以外で、おそらく初めて観たＳＦファンタジーものだったはずです。仮想の世界を背景にしながら現実の問題を語る、立体的かつ魅力的なキャラクターに出会えたありがたい作品でもあります。それ以来、世界中のさまざまなコンテンツを吸収しながら育ちましたが、あれほど熱を上げた作品はいくつもありません。

日本の作家では、宮部みゆきさんと恩田陸さんの作品を愛読していました。少し前までは村田沙耶香さんの小説と前川知大さんの戯曲にはまっていましたし、伊藤潤二さん、岡崎京子さん、藤本タツキさんの漫画も大好きです（ほかにもたくさんありますが、全部挙げるのはちょっと大変ですね）。

自分もまた物語と恋に落ちた人間として、誰かが恋に落ちてくれそうな物語を書きたいといつも思っています。

この本には初期の短篇小説が四篇収められています。飾られていない生のままの欲望、一途に物語を追う不器用な愛情が凝縮されています。わたしの書いた物語がより多くの方たちに、垣根なく届いてくれたら、そうして見知らぬ世界に、活字と想像力だけで夢中になれる経験をプレゼントできたらと思います。言語の壁を超えて、ここにこめられた未熟ながらも真摯な心が、日本の読者のみなさまに伝わることを願っています。

ではみなさま、作品を楽しんでください！
ありがとうございました。

愛とときめきをこめて
チョ・イェウン

Contents

ブックデザイン / 西垂水敦・内田裕乃（krran）
装画 / jyari
DTP / Office SASAI

インビテーション

초대 ◆ ◇ ◇ ◇

1

わたしの喉には十七年間、骨が刺さっている。そんな馬鹿な、と誰もが言うが、わたしにはわかる。白くて長い骨。それは、気道のすぐ手前に刺さったままびくともしない。十二歳のときだった。わたしたち家族は海沿いの小さな町に暮らしていた。母の妹も近所に住んでいて、おばは水産物市場で刺し身屋を営みながら船乗りたちに食事を出していた。週末にはわたしたち家族も、よくその店でテーブルを囲んだ。

夜になると冷え冷えと物寂しくなる市場の空気、染みついて離れない生臭いにおい、宇宙を想わせる黒々とした海を憶えている。港に向いて置かれた生け簀《す》では、その日売れ残った海産物が無気力に泳いでいて、それらは遠からず訪れる死を知っているかのようだった。

おばの包丁さばきは見事だった。二十歳にならないうちから魚の下ろし方を学んだという。そのせいか、おばの所作には一瞬のためらいもなかった。柄《え》の短い網で魚をすくいあげ、扱いやすいように叩いて気絶させ、エラのあいだから包丁を入れる一連の流れは、しごく自然に感じられた。まれに頭を落とされても暴れる魚がいた。そんなとき、わたしは恐怖に青ざめた。するとおばは豪快に笑いながら、新鮮な証拠だと言うのだった。

海産物の値段が急落したというニュースが流れた日のことだ。店の隅に置かれた、コロコロと丸っこいテレビでそのニュースを見た。おじがため息をつきながら焼酎《ソジュ》をあおり、両親も残念そうにしながら辛味鍋《メウンタン》のスープを喉に流しこんだ。天幕のなかを、じめじめとした重たい空気が漂った。

わたしが食べられるのは、つきだしで出てくるコーンチーズとソーセージぐらい。さっきまでピチピチはねていたものを口に運ぶ気にはなれず、食べられないものだらけの食事は退屈だった。一方、大人たちはピンク色のソーセージのように赤らんだ顔で、なにやら理解できない話を交わしていた。フォークでいたずらにソーセージをつついて時間を潰していたそのとき、おじが刺し身をひときれ頬張りながら言った。

「チェウォンはまだ刺し身が食べられないのか」

母が答えた。

「食べないのよ。食わず嫌いというか」

「どうだ、チェウォン」

わたしは首を振った。おじは鼻で笑い、クチャクチャと口のなかの刺し身を嚙んだ。

「こんなにおいしいのにもったいない」

「チェウォン、ひときれだけ食べてみるか？」

今度は父だった。わたしはぎゅっと口を引き結んで首を振った。父は歯のあいだから空気を吸いこんで小さな子どもを叱るときのような音を立て、わたしのほうに小ぶりの刺し身をひときれつきつけながら、わざと怒ったような声で言った。

「大人の言うことは聞くもんだ」

母が加勢した。

「高いお刺し身よ。あとで食べたいって言っても遅いんだから」

おばがわたしの肩をつかんで言った。

「ひと口だけ食べてみたら？　おじさんが苦労して海で獲ってきたのよ」

わたしは首を振った。けれど、子どもの拒否が真剣に受け止められることはそうない。

大人たちはそんなわたしをからかうように見つめながら、プラプラと刺し身を振ってみせた。半透明の白身は巨大なイモムシみたいだった。わたしは泣きたくなった。涙を浮かべると、母がため息をつきながら焼酎を飲んだ。

「泣き虫ねえ。まったく、誰に似たんだか」

目の前ではいまだに刺し身が揺れていた。おばが、いい子ね、と言いながらわたしの口元に刺し身を押しつけた。唇にぬめぬめとした冷たい感触があった。

両親がそれを見て、あ、もう少し、そうそう、と声を上げた。わたしは怖くなった。食べたくないのに、食べなければ許されそうになかった。とうとう、ぎゅっと目をつぶって刺し身を口に含んだ。弾力があるばかりでなんの味もしない。いくら嚙んでも嚙み切れず吐きそうになった。と、そのとき、ボキボキッと硬いものを嚙んだ。刺し身を吐き出そうとしていると思ったのか、母が、のみこむのよ、のみこむの、と厳しく言った。わたしはポロポロ涙をこぼしながら、刺し身をのみこんだ。


そのとき、喉になにかが引っかかる感触があった。

「チェウォン、えらいえらい。食べられたね」

大人たちはそう褒めながら愉快そうに笑った。場はいつもの飲み会の空気に戻った。咳が止まらなかった。刺し身そのものは食道を通り抜けたけれど、喉の異物感は消えなかった。

◇　◇　◇

夜通し咳の止まらないわたしを、母は近所の病院に連れて行った。前日に刺し身を食べたと聞き、耳鼻咽喉科の医者はわたしの喉を触診していた手を止めて言った。

「魚の骨が引っかかったんでしょう。口を大きく開けて。あーん」

わたしはおとなしく口を開けた。早くこの嫌な感触から逃れたかった。口のなかをライトで照らしていた医者が眉をひそめて言った。

「見えないなあ。奥のほうかもねえ」

母が言った。

「奥だとどうなるんですか?」

「最近は機器を使って取ります。もう一回、あーん」

医者はわたしの舌に乾いたちり紙のようなものを載せると、黒色の長いホースを手に取った。看護師がわたしの前に、おばの店で見たようなコロコロと丸い小型テレビを置いた。医者が言った。

「これから喉の奥を見るよ。つらくても少しだけ我慢しようね」

黒いホースが喉に入ってきた。画面には、魚の内臓のようにプルプルとうごめく口内が映っていた。わたしは恐怖に身を硬くした。医者は画面とわたしの口を見比べて、またもや不思議そうに言った。

「おかしいな、たいていはこのあたりで見つかるんですがね」

「じゃあ、骨はどこへ？」

わたしは口を開けたまま画面を見ていた。生まれて初めて見る自分の内部は、グロテスクで気持ち悪かった。わたしという人間ではなく、映画に出てくる宇宙モンスターの体内のように。えずきそうになって目を閉じた。医者がそろそろと喉からカメラを抜き取ると、画面は真っ暗になった。

「骨はおそらく、喉をひっかいて通り過ぎたんでしょう。痛みが続くようなら、大きな病院で胸部を撮ってみてください。すぐによくなるとは思いますが」

そうして病院を出た。まったく大げさなんだから、と母に言われて悔しい気持ちだったけれど、ぐっと我慢した。いつかこの骨のために救急車で運ばれるわたしを見て後悔するだろう、そう思うと痛快だったから。

その後も異物感は残り、何度も病院へ足を運んだ。大きな病院でX－rayを撮ってみたり、喉にカメラを差しこんで内部をのぞいたり。骨は見つからなかった。医者は口をそろえて、骨はないと言った。そんなことが続き、母はわたしの言葉を信じなくなった。高校時代は担任から、仮病を使うなと何度も怒られた。そのたび、骨は存在感を増しながら喉の内側にめりこんだ。

家から近い大都市の大学に入った。専攻は塑造。なににも増して、鋭く尖った道具に惹かれた。それらの切っ先を見ていると、この世のあらゆるものをやわらかく切り裂ける気がした。それは、傷ひとつないプリンや、なめらかな豆腐をぐちゃぐちゃに潰してやりたくなる衝動に似ていた。時にはそれで、自分の顎先から鎖骨までを一直線に割いてしまいたくなった。そうして両側から肉を引っ張れば、その割れ目から七年間わたしを苦しめてきた骨がポトリと落ちてくるに違いないと。もちろん、すべてはわたしの妄想だった。

2

「わあ、本当にそっくり」

女が、工房の隅に置かれたジョンヒョンの頭像と、その隣に貼られている写真を見て言った。わたしは苦々しい笑みを浮かべながら女を作業台へ案内した。先輩の工房を一緒に使わせてもらう代わりに引き受けていた、指輪作りの教室がある日だった。参加者の多くはカップルだったから、ひとりで参加していた色白の女は目立たないはずがなかった。

彼女はひとつに結んだ髪を左肩から垂らし、どこにでもありそうなワンピースを着ていた。全体的にぼんやりとした印象だが、ひとつわかりやすいものといえば、耳たぶのほくろだろうか。遠目に見るとあたかもそこに穴が開いているかのような、くっきりと鮮明なほくろ。

「力を入れすぎるとノミがずれてしまいます。こういうふうに当てて金槌で叩けば、思いどおりの模様になりますよ」

わたしの説明に、女は無言でうなずいた。黙々と授業に取り組んでいた女がまた声をかけてきたのは、休憩に入ってまもなくのことだった。

「誰ですか？」

静かに近づいてきた女が頭像を指して訊いた。

「ああ、知人のひとりです」

「そっくりですね。このえくぼとか目元の皺なんかとくに……」

女は指先で頭像を撫でながら言い、なにかおもしろいことでも思い出したのか、突然その場で笑いだした。その後、授業は無事に終わった。女は装飾の石をひとつもはめこむことなく、自分自身のように特別な印象のない、薄っぺらで無難なシルバーリングを作って帰っていった。


わたしは受講生のいなくなった工房にひとり残っていた。作りかけのジョンヒョンの頭像が隅からこちらを見つめていた。うつろな茶色い瞳を見るうちに、なぜか鳥肌が立ってきた。そこへメールが届いた。
［学校裏の刺し身屋。チェウォンと仲良しの子もいるよ。こっちに来ない？］
　ジョンヒョンだった。仲良しなのはわたしじゃなくてあなたでしょ。そうつぶやきながら返事を送った。
［刺し身、食べられないの知ってるでしょ］
［あ、そうだった。でも、せっかくだからシメの鍋だけでもどう？　みんなも久しぶりに会いたがってるし］
　液晶画面をしばらくにらみつけてから、携帯電話を伏せて置いた。ふと顔を上げた瞬間、またもや薄茶色の瞳と目が合った。胸がむかむかした。わたしは、こちらをにらむ頭像の前へ歩いていった。隣に貼られたジョンヒョンの写真を引き剝がし、頭像の向きを変えて壁と向かい合わせにした。
　作業台の上の携帯がひっきりなしにがなり立てた。電話に出ないでいると、今度は返信を求めるメールが何度となく送られてきた。もう酔っぱらっているんだろうか。以前ならこういった行動も、それだけわたしを好いてくれている証拠だと喜んでいた。恋にのめりこんでいた。今は思う、もう終わりだと。携帯の画面をオフにして、荷物を手に取った。彼の呼び出しに応える気はなかった。

◇◇◇

ジョンヒョンとの交際が始まっていくらもたたないときだった。

「おまえってちょっと胴長だよな」

彼がわたしの体を上下に眺めながら言った。その日の服装は、幅広のスラックスに黒いTシャツ。彼の言葉に傷つくより先に、恥ずかしさがこみ上げてきた。なにも言えずにいると、彼は笑顔でこう付け足した。

「アドバイスしてるんだよ。短所をカバーできるスタイルに変えてみたら?」

わたしは一度たりとも自分の脚を短いと思ったことはなかった。そもそも、自分の脚の長さについてじっくり考えたこともない。でも、怒るべきだと気づいたときには、なにか言い出すには遅すぎた。

聞かなかったことにしようとしても、服を選ぶ段になると決まって彼の言葉を思い出した。友だちにも訊いてみた。わたしって脚、短いほうかなあ? んー、背は高いよね。

うん、じゃなくて、バランス。胴長に見える？　友だちは、そんなこと言ったって脚を引き伸ばすわけにはいかないでしょ、と笑った。その結果、わたしはパンツよりワンピースやスカートを選ぶようになった。ジョンヒョンのアドバイスはその後も続いた。

「今日の服はいいね。こないだのはなんか違ったけど」

「おでこが狭いから、そのヘアスタイルはやめといたら？　今のほうがいいよ」

ジョンヒョンは巧妙にわたしを品定めした。たいていは褒め言葉を添えて、その前のいでたちをこき下ろすという具合に。目の前で褒めてくれている人に怒りをぶつけるというのも違う気がした。とはいえ、浮かれた気分で過ごしていても、どこか心は晴れない。家に戻ると以前着ていた服をもう一度着てみて、どこがどうイマイチなのか、答えを求めて自分の体形を分析した。そうするうち、それまでなんの気なしに着ていた服が、自分の短所ばかり目立たせる滑稽なものに見えてくるのだった。収納ボックスに着ない服が増えていき、新しく買う服はどれも彼好みのスタイルだった。

いつしかわたしは、ジョンヒョンの顔色ばかりうかがうようになった。彼の好みに合わせて服を選び、ヘアスタイルを決めた。彼がすべての基準になった。当時は少しもおかしいと思わなかった。まるで麻酔をかけられたかのように、自分の変化に疎くなった。

誰かに愚痴をこぼすことも、ジョンヒョンを問い詰めることもできなかった。彼はわたしに強要したわけでも脅迫したわけでもない、アドバイスしただけ。すべては自分の選択だったから。

そんなときは決まって、喉の異物感に苛まれた。気になって仕方ないというのではなく、唾をのみこむ際に、思い出したようにちくりと痛むのだった。人に言うにはあまりに些細なことだけれど、わたしの神経をたしかに逆撫でるもの。存在しないけれど、わたしにだけは感じられるもの。それをどうすべきかわからなかった。

ジョンヒョンの頭像を作りはじめたのはそのころだった。すでにあるものをそっくり形作るのは、わたしの得意とするところだ。一度会った人の顔はまず忘れないし、目鼻立ちの特徴を一瞬でとらえることができる。作業は単純労働に近く、そのあいだは喉の異物感をはじめ、なにもかもを忘れられた。

わたしは毎日のように作業に没頭した。ジョンヒョンの顔なら目をつぶってでも成形できそうだったが、より精度を上げようと隣に写真を貼った。作業モデルは、交際直前に一緒に撮ったフィルム写真だった。写真のなかのジョンヒョンは、持ち前のやさしい目元をゆるませてわたしを見つめていた。口の端は気持ちよく持ち上がり、瞳は生気にあふれている。笑顔の頭像を作るあいだは、わたしも笑顔で作業できた。

ある日、その様子を見ていた先輩がそばに来て言った。

「あんまり似てないな」

初めはからかっているのだと思った。もともと気の置けない仲だったし、同年に入試を受けた先輩は、一度見た顔はほぼ完璧に再現するわたしの才能を知っていた。ところがその日は真面目な顔で、首をひねりながら隣に腰かけたかと思うと、頭像を見ながらつぶやいた。

「本当よ。似てない」

「そんなはずないけど」

「チェウォンの腕は知ってるけど、これはなんて言うか、パーツはたしかに似てるんだけど……でも、このあいだ見た彼氏とは別の人みたい」

わたしは手を止めて頭像を見つめた。写真と変わらない、明るい笑顔。喉がむずむずした。細い骨が薄い皮膚をくすぐっているような感触。ちょうどジョンヒョンとの約束の時間になり、わたしは頭像をそのままにして工房を出た。異物感はどこまでもついてきた。

その日、映画館で落ち合ったジョンヒョンは、白線の入ったジャージパンツに帽子をかぶっていた。口周りが小汚く、目には眠気が満ちている。その瞬間、ある衝撃が走った。先輩の言ったことがわかる気がした。目の前のジョンヒョンは、わたしがさっきまで形作っていた写真のなかの人ではなかった。視線も態度も雰囲気も印象も、なにもかも。

不公平だ。わたしは思った。ジョンヒョンの着ているジャージパンツは写真のなかのものと同じで、帽子も交際前からよくかぶっていたものだ。わたしは自分の姿を顧みた。作業に不向きであまり好まなかったワンピース、五センチを超えるヒール、長く伸ばした前髪。彼の隣で、わたしの多くが変わっていた。

こんなのおかしい、そう思った。道を間違って入った気分。迷いに迷って、戻り方がわからなくなっていた。黙りこんでいるわたしに、また不機嫌そうだな、勘弁してくれよ、と彼が言った。それでも反応がないと、黙って携帯をいじりつづけた。

その日、わたしの意識はどこかへ飛んでいた。一度おかしいと感じてからは、すべてがおかしく思えた。ジョンヒョンはなにがそんなに楽しいのやら、口元に笑みを浮かべて携帯に見入っていた。ほのかに吊り上がった口角、細くなった目元。写真のなかからわたしを見ていた顔にそっくりの表情。でも、彼が見ているのはわたしではなく、ただの携帯電話だ。喉がひりついた。空咳をしていると、彼は煩わしそうな態度を隠そうともせずトイレへ立った。

わたしはそのあいだに、ジョンヒョンの携帯を手に取った。そんなことは一度もなかったのに、ロックがかかっていた。そのときだった。タイミングを見計らったかのように一通のメールが届いた。

［元気だよ。ところでジョンヒョンの彼女ってさ――テジュ］

読めたのはそれだけだった。ジョンヒョンがウェットティッシュを手に戻ってきた。わたしは何食わぬ顔で姿勢を戻したが、頭のなかはさっきのメールと、初めて見る名前でいっぱいだった。テジュ。女の名前のようでも、男の名前のようでもあった。

映画が始まる前、携帯を確認したジョンヒョンはまたトイレに立った。そしてコマーシャルが終わるころになってようやく戻ってきた。映画は退屈だった。クレジットが終わったとき、わたしはわざとでたらめな結末を言ってみた。

「これって、主人公は死んだってことだよね？」

「うん、そうだな」

「ふうん、そっか」

そのあいだもジョンヒョンは携帯に見入っていた。彼と別れたわたしは、工房へ戻った。そして暗がりのなかで、自分が作った頭像を見つめた。それはジョンヒョンの顔でもなんでもなかった。わたしは見も知らぬ人の顔を形作っていたのだ。頭のなかにいるジョンヒョンと、現在のジョンヒョン、そして写真のなかのジョンヒョンの顔がないまぜになった顔。わたしは頭像から視線をそらした。そのあいだも、テジュという名前だけが脳裏に焼きついて離れなかった。

3

久しぶりにひとりで画材屋に立ち寄った。バッグのなかの携帯はジョンヒョンからのメールで鳴りっぱなしだったが、放っておいた。ワックスと銀、はんだワイヤーを買って工房に戻るうちに日が暮れた。出る前に向きを変えておいた頭像は、壁を向いている。

いっそ潰してしまおうか。そんなことを考えながら作業室を片付けた。先輩の机には書類の束が雑然と置かれていた。何気なく手に取ったそれは、教室の登録者名簿だった。ずらりと並ぶ名前のなかに、わたしの視線をとらえるものがあった。「イ・テジュ」という四文字。

登録日は今日。わたしは急いでほかの受講生の内訳を見た。ひとりで申し込んでいたのはイ・テジュだけだった。ジョンヒョンの頭像を見て、そっくりだと言った女。厚みのない体と、顎のラインをたどった先にある縮こまった耳、耳たぶのほくろなどがパノラマのように頭をかすめていった。

いや、たんなる偶然かもしれない。テジュという名前はどこにでもある。でも、数少ない会話の主題がジョンヒョンの頭像だったことが気になった。もしもあのメールの送り主が彼女なら、なぜわたしの前に現れたのだろう。単純な好奇心？　彼女はジョンヒョンの頭像をどんな表情で見ていた？　今日起きた出来事なのに、女の印象はどこかぼやけている。細部の特徴は思い出せても、それらすべてを組み合わせた顔は描けない。たしかに顔を見たのに。こんなことは初めてだった。名簿を握る手に力がこもった。

そのとき、誰かが入ってくる物音がした。先輩かと思い、大きな声で言った。

「片付けといたから、帰ってくれて大丈夫」

「チェウォン」

ジョンヒョンだった。ずいぶん飲んだ様子で、顔が真っ赤だった。酒臭さに胃をむかつかせながら尋ねた。

「どうしてここに？」

「返事がないから」

「行かないって言ったじゃない」

「何回電話しても出ないんだから、心配するのも当然だろ。わがままもいい加減にしろよ。刺し身が食べられなくても、ちょっと顔出して合わせてくれたっていいじゃんか。おれの友だちなんだし——」

不思議だった。口を開く前から、どんな言葉が飛び出すかわかった。彼の吐き出す言葉は予想から一ミリもずれていなかった。それはあたかも、わたし以外の誰かに言っているかのように遠く感じられた。ふと、彼はこうした言葉をほかの人たちにも投げてきたのだろうと思った。わたしは彼の言葉を遮りながら言った。

「わたしがいないことであんたがなにか損するわけ？　わがままなのはそっちでしょ」

　わたしはジョンヒョンの手を振りほどいて立ち上がった。だが、ドアまでたどり着かないうちにまたもや捕まってしまった。ジョンヒョンがとろんとした目で訊いた。

「なに、ケンカしたいの？」

「ケンカなんかしたって同じ。もう別れよう。わがままな女は嫌なんでしょ。別れればお互い楽じゃない」

　手首をつかむ握力が強まった。急に恐怖が襲ってきた。工房にいるのは自分たちだけで、先輩もいつ戻るかわからない。携帯はバッグのなかだし、片手をつかまれている。ジョンヒョンが呆れたように笑った。

「別れる？　なんだよ突然」

　理由ならいくらでもある。それをあえて一つひとつ挙げる必要はない気がした。それより、この状況を利用して頭に巣食う疑問を解決したいと思った。

「テジュって誰？」

「勝手に携帯を見たのか？」

「答えて。わたしの名前が出てたでしょ」

「誰って、高校の同級生だよ。週末に同窓会があるって言ったろ。その日のメンバーで彼女持ちはおれだけだから」

聞いた憶えがない。聞いたなら記憶にあるはずだ。あまりに陳腐で見え透いていて、笑えてきた。答えずにいると、ジョンヒョンはいつものように詰め寄った。

「どういうつもりなんだよ。なに考えてんだかぜんぜんわからねえよ。そんなに気になるならここで電話してやろうか？」

「いい」

メールがどうこういうのではなかった。ただ、わたしは気づいてしまったのだ。ジョンヒョンという人間について。彼はいつだって、不利な立場になると逆ギレするのだった。わたしが手首をひねって逃れようとすると、今度は両手でつかんできた。

「チェウォン、落ち着いて考えよう。感情的になりすぎだ。おれがなにか悪いことしたか？　ひとりで勝手に想像して決めつけんのはやめろよ」

その瞬間、喉に鋭い痛みが走った。視界が白く染まるほどの激痛。力をふりしぼってジョンヒョンをはねのけ、喉をかばった。なにかが倒れる音がした。何度か咳をしてえずくうちに、痛みは治まった。大きく息を吸いながら、音のしたほうを見た。倒れているジョンヒョンと、床を転がる椅子が見えた。

　ジョンヒョンは悪態をつきながら体を起こした。バッグを取ってドアへと向かうと、彼が急いで追いかけてきた。捕まってはいけない。わたしは直感し、小走りになった。彼もそれに続く。このままでは時間の問題だ。ドアを開けると同時に駆け出すつもりで腕を伸ばした。ところが、意外にもドアは勝手に開いた。冷たい風とともに現れたのは、顔のない女だった。わたしは悲鳴を上げると同時に意識を失った。

◇　◇　◇

　目を覚ますと病院で、先輩に付き添われていた。

「彼氏は帰らせたよ。警察呼ぶよって脅して」

　一時間ほど点滴を打ってから、先輩と一緒に病院を出た。タクシーのなかでなにがあったのかと訊かれた。わたしは長らくためらってから、一部始終を打ち明けた。ジョンヒョンからのメール、頭像を見ていた女、その女の顔が思い出せないこと。話を聞いていた先輩は、小首を傾げた。

「つまり、ジョンヒョンがこっそり連絡を取り合ってる女が、今日工房に来たってこと？　なんのために？　あんたをからかいに？」

　言葉にしてみるとなんともつまらない話だった。でも、重要なのはそこではなく、女の顔が思い出せないということ。わたしはその異常さを説明しようとした。先輩は気の毒そうな顔で答えた。

「なにか思い違いしてるんじゃない？　神経質になりすぎてるのかもしれないし、少し休んだほうがいいよ」

　力が抜けた。このすべてが、わたしが神経質になっているせいだと、なにもかも偶然だと言うのか？　わたしはタクシーを降り、急いで作業室へ向かった。ドアを開けると、ジョンヒョンとの諍いで散らかったままの内部が見えた。なにか硬いものが足にぶつかった。ジョンヒョンの頭像。不格好に潰れたそれに、入り口のそばにぽつんと転がるそれに目を見張った。

　これがどうしてここに？

　頭像はあっちの奥にあったはずなのに。ジョンヒョンと揉み合ううちに落っこちたんだろうか？　でも、それにしては距離がありすぎる。揉み合った拍子に落ちたとしても、作業室のいちばん奥にあるものが入り口まで転がってくるなんておかしい。誰かがわざわざ移動させない限りありえないのだ。脳裏に、頭像を穴の開くほど見つめていた女の後ろ姿がよぎった。わたしはそろそろと屈み、頭像をひっくり返した。原形を失った口元が奇妙に歪んでいた。ようやく入ってきた先輩がため息をついて言った。

「ぜんぜん片付いてないじゃない。なにしてたの？」

わたしは頭像を指して言った。

「先輩、これって、わたしが気を失ってたときもここにあった？」

「さあ、どうだったかな。それよりびっくりしてて」

わたしは爪を噛みながらつぶやいた。

「わたしの記憶では違う。あっちの奥にあったのが、今はここに落ちてる。わたしたちが留守にしてるあいだに誰かが入ったのよ」

先輩はわたしの肩をポンポン叩き、掃除用具を手に取りながら言った。

「考えすぎだって。さ、早く片付けちゃおう」

部屋が片付くと、先輩は一服してくると言って出て行った。わたしは作業台の前に腰かけた。頭のなかがぐちゃぐちゃだったが、なんとか落ち着こうと努めた。テジュという女の仕業に違いないと思い、教室の登録者名簿を捜した。イ・テジュという名前の隣に連絡先があった。携帯を取り出して、一心不乱に番号を押す。すでに午後十時を回っていたけれど、そんなことにかまっていられなかった。通話ボタンを押すが早いか、スピーカー越しに冷たい声が聞こえてきた。

［おかけになった電話番号は現在使われておりません］

使われていない？　たかが工房教室に登録するぐらいのことで嘘の番号を書く人がいるものだろうか。通話終了ボタンが浮かぶ画面をぼんやり眺めていたわたしは、そのまま指を滑らせた。テジュが書いた番号を検索エンジンに入力する。知らない番号でかかってきたとき、そうするように。

いくつかのサイトが出てきた。いちばん上のリンクから入ると、あるブログにつながった。京織道所在の、とあるリゾートの広報ブログ。最後の書き込みは三ヵ月前。

［この夏は湖を見晴らせるリバービュー・リゾートへ。

お問い合わせは○○○-○○○○-○○○○（室長イ・テジュ）］

メイン画面にはリゾートの全景写真。白壁に青色でポイントを加えた、やぼったい印象の建物だった。誇らしげに載せている客室の写真にも、花柄の壁紙やひと昔前のインテリアが写っている。

わたしは写真にじっくりと目を凝らした。四階のバルコニーに腕をもたせかけて立ち、湖を眺めている人物がいた。どこかしらあの女に似ている。写真を拡大してみたが、画質が粗くて顔は見えない。

その人物はリゾートと相性のいい青いストライプのワンピースを着て、ひとつ結びにした長い髪を横から垂らしている。こんな片田舎の古いリゾートが、広報のためにモデルを雇うことはないだろう。それに、モデルを使ったのであれば、顔も見えない低画質の写真を掲載するはずもない。わたしは地図アプリで「リバービュー・リゾート」を検索してみた。くっきりとした赤字で営業中止と書かれていた。

その日は結局、工房の休憩室に泊まることにした。ひと晩中寝つけなかった。顔の思い出せない女が頭のなかに棲みついていた。

翌朝、目を覚ますなり警備会社に電話をかけた。監視カメラに女の姿が映っているはずだった。映像を送ってくれるという言葉に、こちらから訪ねていくと答えた。冷たい風にあたって頭を冷やしたかったからだ。

ジョンヒョンからはなんの連絡もなかった。思えば、向こうから先に謝ってきたことなどない。やきもきして連絡するのはいつもこちらで、すると彼は仕方なさそうに許すのだった。今回はそうはいかない。わたしは彼の番号を消すために携帯を開いた。と、夜中に届いていた一通のメールが目に留まった。送り主は、何度か会ったことのあるジョンヒョンの友人だった。

［週末に同窓会があるってのは本当だよ。テジュはぼくも知ってる友人。誤解がないといいんだけど］

人を馬鹿にして。笑いがこぼれた。ジョンヒョンの友人たちは以前も何度か口裏合わせをしていた前科がある。こんな小手先の嘘に騙されると思ったら大間違いだ。ジョンヒョンのことなどもうどうでもいい。テジュの顔をこの目で見てやるのだ。そんなことを考えるうちに警備会社に着いていた。あとは女の顔を確かめるまでだ。わたしは軽い足取りでオフィスに入った。

「顔はまともに映ってませんね」

わたしの期待は打ち砕かれた。

「おたくの監視カメラは画質が低いのでねえ。もう古いし、あの辺りは死角も多いんです。そもそも昨日の夕方以降は作動してませんね。この機会に買い換えてはいかがです?」

業者が停止画面を最大まで拡大した。ちょうど教室が終わった時間帯。ピクセルが乱れ、物体の境界があやふやになった。画面のなか、工房を出て行く女の潰れた顔は、あたかも笑っているように見えた。

そうしてなんの手がかりもなく工房へ戻った。ドアを開けると、この間《かん》に配られたビラや公共料金の請求書などがバラバラと落ちた。それらを拾って、捨てるものと残しておくものに分けていく。と、そのなかにわたしの視線をとらえるものがあった。

リバービュー・リゾートの広告。ごちゃごちゃしたレイアウトの粗雑な作りが、どこか不気味ささえ感じさせた。広告を握る手に力がこもった。すでに廃業したリゾートが広告など配るはずがない。いっそ脅迫文でも書かれていれば、まだうなずけたのに。裏返してみてもそこにはなんのメッセージもない。どこにでもありそうな広告だった。いちばん下にゴシック体の大きな文字があった。

[予約お問い合わせ：〇〇〇-〇〇〇〇-〇〇〇〇(室長イ・テジュ)]

昨日かけたあの番号だった。わたしは寒々と佇むリゾートの全景に見入った。ブログで見たときと同様に、バルコニーには女がもたれている。女のシルエットに目を凝らした。ある違和感を覚えた。たしか、ブログの女の顔はやや横を向いていたのに、広告のなかの女の顔は正面を向いている。まるで誰かを見つめているように。急いで携帯を取り出し、アクセス履歴からブログのリンクをクリックしたものの、

［お探しのサイトはサービス期間が終了しています］

そこにはなにもなかった。昨日まであった書き込みもすべて。こうなればとことんやってやろうという気になった。わたしは地図アプリにリゾート名を入力して位置を確認した。廃業したリゾートの広告を送りつけたのはなぜか。一般に、広告を配るのは人を呼び寄せるためだ。広告の上段には［湖を見晴らせるリバービュー・リゾートへ］という謳い文句がある。

心臓が早鐘を打つ。広告が招待状のように思える。疑いが確信に変わる。あの女に呼ばれているのではないか。そうでなければ、こんな近づき方で人の神経を逆撫でる理由もない。顔のない女がわたしを呼んでいる。リバービュー・リゾートに。

4

リゾートまでの道はうす暗く、ぐねぐねと細い道が続いていた。到着したのは、午後九時をはるかに回ってから。わたしは車を放り出すようにして建物のほうへ向かった。リゾートは闇に沈んでいた。そのぶん、明かりの灯る四階の客室だけが存在感を放っている。ほんのり黄みがかった明かりを見つめていると、バルコニーの扉が開き、ワンピース姿の女が出てきた。

女は手すりに両腕をかけてぼんやりと宙に目をやった。そこだけ切り取ったかのように、写真とそっくりのポーズ。一瞬、自分が低画質の世界へ踏み込んでしまったのではないかという錯覚に陥った。わたしは女の顔を見ようと神経を研ぎ澄ませた。辺りは暗く、顔は見えそうで見えない。喉がむずむずし、咳が出そうになって口を押さえた。女はいつの間にか手すりから離れ、まっすぐに立っていた。

女の顔はまたしても闇にまぎれた。客室からこぼれる明かりを背に受け、顔に濃い影が落ちている。だが、わたしに向けられた視線だけは、はっきりと感じられた。女はあたかもこちらへ来いというように、ゆっくりと後ずさって室内へ消えた。

わたしは確信した。これは招待だ。許された訪問。そのまま建物に駆けこんだ。ロビーは暗く、エレベーターも動いていない。わたしは階段を駆け上がった。

いまだかつて、こんなにも衝動的に行動したことがあっただろうか？　四階が近づくにつれ、頭のなかにダン、ダン、という音が響いた。おばが魚の頭を落としていた音、ずしりと重い刺し身包丁が木のまな板を叩きつける音。ぶにゅぶにゅした身の感触。宙を凝視するヒラメの目。わたしの喉に十七年も刺さりつづけている骨。わたしの意思を阻むすべてのもの、口にすることのできなかった言葉たちは、もつれ合い絡まり合って骨となった。そうしてわたしの喉をふさぎ、やわらかい肉を突き刺している。

錯綜するイメージと声が感覚を彩る。わたしは声を追って走った。ぼやけたものが鮮やかに色づく瞬間に向かって……。

でも、この声は本当にわたしの頭のなかから聞こえてる？

四〇三号室と記された部屋の前まで来たものの、棒立ちのまま動けなくなった。ドアの向こうからダン、ダン、という音が聞こえる。今の今まで頭のてっぺんまで突き上げていた衝動が瞬く間に冷めていく。ドアの隙間から黄色い明かりが洩れている。なぜか生臭さを感じた。近くに湖があるせいだろうか。淀み、腐ってしまった水のにおい？わたしはほかにどうしていいかわからず、呼び鈴に手をかけた。ここまで来て引き返すわけにはいかない。そのときドアが開いた。わたしはわたしを見つめる顔と相対した。

「いらっしゃい」

女がほがらかに笑った。

◇　◇　◇

ひとつに結んだ髪と白い肌が、順に視界を横切っていく。女の左の耳たぶを確かめると、くっきりと鮮明なほくろがあった。抑えようのない喜悦が体を貫いた。目の前の女を抱きしめて快哉《かいさい》を叫びたいくらいだった。女は手を差し出しながら親しみのこもった声で言った。

「わたしたち、お会いしてますよね？」

わたしはゆっくりとうなずいた。旧友と再会したかのように嬉しく、女の手を握ろうと腕を伸ばした。そしてふと視線を下げた瞬間、ぴたりと動きを止めた。目の前にあるテジュの手は、赤いペンキ缶に浸して出したかのように真っ赤に染まっている。テジュが自分の手を見て言った。

「あ、ごめんなさい」

そうしてワンピースに手をこすりつけた。凍りついていたわたしの目に、今になって映るものがあった。逆光で見えなかった服もまた、上から下まで赤く染まっていたのだ。

またもや頭が混乱した。今からでも逃げ出すことができるだろうか？　走り抜けてきた廊下は真っ暗闇。その向こうになにがあるか知れない闇。これは現実？　目の前の女は実在してる？　わたしは血まみれのテジュの手をむんずとつかんだ。やせた手はたしかにそこにあった。生身の肌の感触。安堵とも恐怖ともつかないため息が洩れ出た。テジュの手がわたしの手をやさしく包んだ。

「どうぞ入って。待っていたの」

テジュがわたしを部屋へ導いた。敷居をまたぐとやわらかいカーペットがあった。照明は薄暗くも温かい。テジュは聞いたことのない曲調の鼻歌を歌っている。そうして先へ進むと、リビングが見えてきた。

死体があった。三体ほど。頭が割れ、首を掻き切られた死体。どの顔も誰と見分けられる状態ではない。音のない笑いがこぼれた。本当におかしくなってしまったのか？　これはわたしの妄想？　大きく息を吸いこんで目を閉じた。生臭いにおいが鼻を突く。テジュが耳元で歌うようにささやく。

「夢じゃない」

目を開いてもリビングには同じ光景が広がっていた。わたしは吐き気を催し、両手で口をふさいだ。声を出そうにも出せなかった。沈黙を破ったのは悲鳴だった。わたしではなく、ほかの誰かの。

「助けて！　助けてくれ！」

ジョンヒョンの声だった。わたしは声のするほうを振り向いた。スライディングドアの向こうの小さな部屋に、目隠しをされたジョンヒョンがいた。椅子に縛りつけられたまま必死でもがく姿は、おばの手でこれから切り刻まれる魚を想わせた。ジョンヒョンは死に物狂いで叫びつづけた。

わたしは静かに後ずさりした。踵に誰のものとも知れない腕が当たった。脚の力が抜けて転び、小さな悲鳴が洩れた。血を含んだカーペットに手をつくと、指のあいだからとろりとした赤黒い液体がにじみ出てきた。わたしは死に際にいる獣のような声で泣きながら身を引いた。そのときだった。

「チェウォン？　チェウォンなのか？　助けてくれ。頼む、頼むよ」

ジョンヒョンがわたしの名前を呼んだ。縛られた体で身じろぎしながらわたしの名前を呼びつづけた。彼にこんなにも切ない声で呼ばれたことがあっただろうか。でも、わたしにできることなどなにひとつなく、血だらけの両手で膝を抱えて震えるだけだった。この空間から自分の存在を消してしまいたい。ここに来ることなどなかったかのように。立てつづけにわたしの名前を呼ぶ彼の口をふさいでしまいたかった。

彼を静かにさせることができたら、自分がここにいる事実もなかったことにできる気がした。わたしは険しい顔でジョンヒョンをにらんだ。必死でわたしの名前を呼ぶその口を、縫いつけるか引き裂いてしまいたかった。

そして、テジュはわたしを見ていた。大ぶりの刺し身包丁を片手に。テジュがゆっくりと近づいてくるにつれ、わたしは子どものように体を縮めた。目の前まで近づいた彼女は親切にも、刺し身包丁を差し出した。さあ受け取れというように。白い紙のような顔をしたテジュがやさしくささやく。

「選択の時間よ」

彼女の言う選択がなにを指すかは聞かずともわかった。わたしは差し出された凶器を見つめた。刃先ではなく柄のほうがこちらを向いている。眉をひそめて首を振ると、テジュはそれ以上催促しなかった。わたしの選択をはなから知っていたというように。わたしは首を振りつづけた。にわかに喉に激痛が走った。いつにもましてひどい咳に襲われ、喉を押さえて床を這った。

静かに様子を見守っていたテジュが包丁を引っこめた。そして、そのずしりと重い鉄《てっ》塊《かい》を床に置くと、わたしと目を合わせたまま腰を落とした。テジュのふたつの目がすぐそこにあった。その目を見返す勇気がなく、彼女の耳たぶのほくろに視線を向けた。

テジュがついと手を伸ばしてわたしの顎をつかんだ。その間も空咳はやむことを知らない。顎をつかんだ手に容赦ない力が加わり、わたしの口は抗えずに開いた。テジュがわたしの黒い内部をのぞきこんだ。奥のほうまで執拗に視線を這わせていた彼女が、憐れみのこもった声でつぶやいた。

「かわいそうに」

わたしは目を大きく見開き、発作にも似た荒い息を吐いた。テジュがもう片方の手でわたしの背中をやさしく撫でた。呼吸が徐々に落ち着いていった。テジュの視線は依然、わたしの内部に固定されていた。

わたしは目の前のテジュをまっすぐに見た。避けつづけていた薄茶色の瞳を見返すと、テジュがふっとほほ笑んだ。そして、背中を撫でていた手を引き戻し、鉤《かぎ》のような指でわたしの口を上下に広げた。ぱっくりと開いた顎が引きつった。

細く長い二本の指が入りこんできた。口蓋から舌の付け根、さらにその奥へと。不思議にもえずくことはなかった。だが次の瞬間、喉が張り裂けそうな痛みに襲われ、遅れてやってきた吐き気に背を屈めた。内臓まで吐き出せそうだった。血に染まった床に手をついて咳こんだ。やがてひりつく痛みとともに、なにかが口から飛び出した。


骨だった。果てしなく白い骨。それは本当に存在していたのだ。

わたしは震える手で自分のなかから飛び出したそれを拾い上げた。親指の第一関節くらいの、薄くて尖った骨。白く輝く物体を持ち上げて、黄色い明かりに照らしてみた。

肺に風でも吹きこんだかのように、笑いがこみ上げてきた。なぜか大声で笑いたかった。腹を抱えて床を転がりたかった。わたしは代わりに、顔を上げてテジュを見た。テジュもわたしを見た。続いて、重たい鉄が床を引っ掻く音が聞こえた。

「誰も彼も、あるものをない、ないものをあるって言うんだから」

テジュが白く細い指でわたしの手首をぎゅっとつかんだ。そうしてふわり、と軽い足取りでジョンヒョンのほうへ向かった。わたしの肌に触れる彼女の人さし指には、工房で作った細い指輪がはめられていた。奇妙な満足感が湧き上がった。

いつの間にかわたしの手は、ごつごつとした刺し身包丁を握っていた。ずっと昔、おばさんが使っていたのと同じ包丁。木製の持ち手は、それが最初から自分のものだったかのように手に馴染んだ。ジョンヒョンの背後に回ったテジュが、彼の顎をつかんで引っ張り上げた。皮膚の突っ張った喉元がわたしの視線をとらえた。わたしはテジュの顔を振り仰いだ。テジュがほがらかな笑顔で訊いた。

「大丈夫?」

その問いに、不思議と心が落ち着いた。わたしはうなずいた。それは、あくまで自然のなりゆきに思えた。まるで、もうひとりの自分と一緒にいるかのような。わたしはテジュの意図したとおり、手中のものを高く振り上げた。続く行為にためらいはなかった。

ゴキリ。包丁の刃が硬いものを押し砕く音とともに、熱い血しぶきが顔に飛び散った。

わたしは、頭を落とされた魚のように宙を仰いで息絶えているジョンヒョンを見つめた。テジュはその場に座りこんで、くつくつといつまでも笑っていた。

テジュと一緒に死体を運んだ。リゾート前の小型車に四体の死体が積み上げられた。すべてが終わったときには空が白みはじめていた。黒い林を白い霞が包んだ。両手と服は隙間なく血に染まっていた。

わたしは大きく呼吸した。腫れ上がった喉に明け方の爽やかな空気が流れこんだ。目を閉じると、昨夜の光景がありありと思い出された。四方に漂う血のにおい、手のなかのずしりとした重み、生臭い残り香。すると、体の奥から嗚咽のような息がこぼれ出た。

◇ ◇ ◇

気づくと、わたしは自分の車のなかにいた。顔は誰かが拭いてくれたかのようにきれいで、気分もすっきりしていた。駐車場には、自分の車一台きり。顔を上げると、バックミラーに映る自分の顔が見えた。わたしは口を大きく開けてみた。黒々とした穴と、赤い内部。異物感はなかった。あの大きな骨が取れたことが信じられなかった。

しばらくして口を閉じ、なにもなかったかのような自分の顔を見つめた。乱れた髪をひとつに結び、後れ毛を耳にかけたとき、視界に妙なものが映った。顔をもう少し鏡に近づけた。左の耳たぶにあったのは、くっきりとした赤い点。血の跡だった。わたしはしばらくそれを見つめたあと、親指でこすった。遠目に見れば穴のように見えただろうその赤い点は、いとも簡単に消えた。

湿地の愛

습지의 사랑

ムルは自分がどんなふうに死んだのか知らなかった。そういうことを思い起こすにはあまりに長い時間が過ぎていたし、いまさら知りたいとも思わなかった。大事なのは、自分がすでに死んでいるという事実。そして今日も水に浮かんでいるという事実だ。

水辺の幽霊の一日は、やることもなく退屈だ。訪れる者も見つけてくれる者もいないなか、川から出ることもできないのだから。落ち葉を数えたり、不格好な魚たちに話しかけたりしながら時を過ごした。することはそれぐらいしかなかった。

「はあ、つまんない」

そんなことをつぶやきながら。

あまりに退屈すぎて、いっそこのまま流されてしまえばいいと思う。きらめく水流になってここから向こうへ、さらに遠いところへ行けたなら、こんな思いをしなくてすむだろうに。でも、そんなことは起きない。体の力を抜いて空を仰いだ。山鳥が数羽、群れながら空を横切っていった。

ムルが自分について知っていることはひとつしかない。川に落ちて死んだということ。そして、そこで地縛霊になったこと。地縛霊は自分が死んだその場所から離れられない、誰が決めたのかは知らずともそういうものだと、ずっと前にムルを成仏させに来た巫女《ムダン》が言っていた。そう聞いたときの無力感は、今もムルの記憶に新しい。

つまりは、寒くて暗いこの川にひとりぼっちで漂うこと、この場所に縛りつけられてどこにも行けないこと、それが世の常なのだと。そもそもそういうものなのだと。そもそも、には理由も答えもない。だから悔しくもない。馬鹿げていて虚しいだけで。

それからはずっとこんな調子だった。なにをするでもなく、プカプカと浮いたまま一日を過ごした。

生きることへの未練や憤りをぶつけないことには耐えられない時期もあった。まだ川を訪れる者たちがいたころの話だ。ときどき立ち寄る釣り人、人目につかない場所へと転がり込んでくるカップル、大人の言いつけに反抗したくて仕方ない子どもたち。ムルはそんな連中にひと泡吹かせた。

両目だけをのぞかせて近づいたり、霧のなかで水面に青白い手首を突き出して振ったり、足をばたつかせて水遊びをしている人の足首を引っ張ったり。誰もが驚いて逃げていった。あたふたと遠ざかっていく後ろ姿を見ていると、憎しみと羨ましさが同時に迫ってきた。自分の縄張りに勝手に立ち入る者たちを追い払いたい気持ちと、行かないでくれとすがりついて叫びたい気持ち。いたずらは一瞬で終わってしまい、孤独は果てしなく続くから。

彼らが羨ましく、だから憎らしかった。ふたつの感情は、はなから紙一重だった。いたずらと腹いせも、同じく紙一重。ムルが川を訪れる者たちに仕掛けていたのは、いたずらと見せかけた腹いせだった。誰も彼も逃げていった。やがていつからか、川によからぬものが棲んでいるという噂が広まりはじめた。人々の足はしだいに川から遠のいた。お化けが出る場所だとささやき合い、やがて足を向けることもなくなった。

今やときおり立ち寄るのは、くたびれた服装の釣り人だけ。ムルはもう、訪れる者たちにいたずらをしなかった。かつて自分のなかに黒々と渦巻いていた感情はとうの昔に、川の水と時間にまぎれて消えてしまった。

代わりに、以前よりいっそう静かな時の流れに耐えなければならなかった。その空白を埋めるのは、頭のなかに浮かぶ事々だった。時間が増えれば考えることも増え、考えることが増えれば憂鬱が訪れる。遠い未来、魚たちが消え、川が干上がったのちもここにいつづけるのだと思うと、硬い水草に首を絞められているような息苦しさに襲われるのだった。だから、いつしか考えることも少なくなった。水面にプカプカ浮いたまま、ひたすら落ち葉を数え、流れていく雲を見つめる日々だった。

そよ風を受けて、水辺にそびえるヤナギの枝がそろそろと踊った。川を取り囲む森から飛んできた枯れ葉が、ムルの体を通り抜けて水面に安着した。生きた幹から剝がれ落ちた、死んだ葉。ムルは、死に絶えたものたちとともにユルユルと揺れていた。

◇　◇　◇

退屈な日々を送っていたとき、スプに会った。落ち葉の数をかぞえていたときだった。川の向かいには小高い山があり、そこから毎日のように落ち葉が飛んできた。

水辺と山の境界には、ぽつぽつと松が植えられていた。日当たりが悪いせいでどの木も奇妙に曲がりくねり、幹は黒く葉もやせていた。どこかうら寂しい雰囲気の林だった。歩きやすいよう板材の敷かれた散策路もあるものの、行き交う人の姿はない。そこから飛んできた四十九枚目の落ち葉が水面に着地したときだった。なにかの音が聞こえてきた。

キイィ、キィ、キイィ。

音は釣り人の鼻歌のように一定のリズムをもって響いた。ムルは林にじっと目を凝らした。この音を聞いたことがあった。釘がゆるんだ板張りに圧がかかってきしむときの音。まだこの辺りに往来があったころ、誰かが散策路を歩くと響いた音。遠くから風が吹きつけ、木々がざわざわと啼いた。ムルはそっと水際へ近寄っていった。

キイィ、キィ、キイィ。

音は徐々に近づいてくる。川から両目だけをのぞかせて松林を見た。板張りがきしむ音と茂みのささめきが交互に聞こえてくる。ほどなくその音がすぐそばで聞こえたとき、ぐねぐねと曲がった松の合間にさっと現れて消えた影があった。

「誰なの」

大人たちに内緒でやって来た近所の子どもだろうか、それとも、道に迷ったよそ者?

ただのネコや野生動物かもしれない。一度近づいた音は、遠のいては近づいてをくり返した。影は宝探しでもするかのように、暗い林を跳ね回った。

ムルは松林に目を凝らしつづけた。その誰かはなかなか姿を現さなかった。音は前方から聞こえてきたかと思うと、次の瞬間には後方へ移り、ムルが振り返るやいなや、またもや前方から聞こえてくるのだった。自分もお化けのくせして、お化けにからかわれている気分だった。その日一日、音を探し回った。ますます音の正体が知りたくなった。いつの間にか山の端に日が沈みかけていた。

「おかげで一日があっという間だった」

ひとりつぶやきながら、散策路のつきあたりに視線を留めた。せわしなく跳び回っていた誰かも疲れてきたのか、少し前から足をゆるめ、キイキイときしむ散策路を歩いていた。もう少ししたら、あのボロボロの板張りが終わる地点に現れるはずだった。

ムルは誰かを迎える準備をした。黒い髪を半ば水面に浮かせ、やせ細った手首を持ち上げた。この状態で手を振れば、どんな人も驚いて腰を抜かすか、悲鳴を上げながら逃げていったものだ。あの誰かさんもこれを見れば、逃げていくに違いない。これまで自分との遭遇を喜んでくれるものはひとりとしていなかった。どうせ歓迎されないのならこらしめてやれ。ムルはそんなやり方しか知らなかった。

林のなかの誰かはどんな姿をしてるんだろう。自分を見たらどんな反応を見せるんだろう。ところで、自分はどんな姿をしてたっけ？　ふと、自分の顔を見たのはずいぶん昔のことだと気づいた。ちらりと頭を下げて水面を見たけれど、すでに死んでいる者の顔は映らない。かえって知らないほうがいいのかもしれなかった。きっと、とてつもなく醜い姿をしているはずだから。

ムルはもとの位置に向き直った。そのとき、松の陰に隠れて顔だけ出している誰かと目があった。

丸くてきれいな目。とっさに体を強張らせた。今、たしかに目が合った。それでもその誰かは、逃げずにそこに立っていた。ゆっくりと動きだし、幹の陰から姿を現したその子は、目を皿のようにしてムルを見た。ガラス玉のような瞳が薄いまぶたの奥に消え、また現れた。

ムルはなぜか怖くなった。こんなふうに自分を見据えるまなざしは本当に久しぶりだった。もしかすると、幽霊になって初めてかもしれない。恐怖に震えたり罵声を浴びせたりすることなく自分を見つめるまなざしは、間違いなく初めてだった。こういった視線に慣れていなかった。いっそ、とっとと逃げ帰ってほしかった。だから、ほかの人たちにそうしたように、白く細い手首をひょろひょろと振った。

「お逃げ、お逃げ」

相手は逃げなかった。いくら腕を振ってもその場を動かなかった。ムルは泣きたくなった。逃げるどころか、ムルのそれほどもやせさらばえた腕を持ち上げて、同じようにひょろひょろと振りはじめた。

「ハイ」

相手が話しかけてきた。野生動物の鳴き声や葉擦れの音ではない、挨拶。人が人へ送る挨拶だった。ムルが黙っていると、相手はややむっとした表情で訊いた。

「挨拶じゃなかったの？　手、振ってたよね」

ムルはしどろもどろに答えた。

「ハイ……」

すると相手はにんまりと笑った。乾いた上唇と下唇のあいだで曲線を描く口角を見たとたん、ムルは突然恥ずかしさと気まずさを覚えた。そのまま逃げるように川へと身を隠した。髪の毛のような水草の奥へ入り、不格好な魚たちの合間で身をすくめた。間もなく、裸足で土を踏む音がした。きしむような音はゆっくりと遠ざかった。音が完全に消え去るのを待ってから、そっと外をのぞいた。誰もいなかった。

「ふぅ」

濡れた胸を撫でおろした。いつの間にか太陽が沈み、闇が訪れていた。ムルは再び水草のあいだに身を横たえた。目をつぶっても、さっきの誰かがまぶたの裏に浮かび上がってつらかった。つらい？　それはこんなにくすぐったい、いてもたってもいられない感情だったろうか？　あっという間に過ぎ去ったさっきの場面をくり返し思い浮かべた。あのまなざし、手振り、ほほ笑み。自分の身近にはない、くすぐったくて変なもの。あの子は小柄で、顔はいつか釣り人が食べていたパンのように白かった。そして、ぼろぼろに擦り切れた制服のようなものを着ていた。

「誰なんだろう」

あんなふうに誰もいない林をさまよっているなんて。もちろん、この川に突然現れた者はこれまでにもいた。ときおり道に迷った人がやって来もしたが、すぐに帰っていった。今度も同じかもしれない。ざわめく胸を落ち着かせながら、体を丸めた。こんな自分はおかしい。なにかを台無しにしてしまいそうな気分だった。

◇
◇
◇

明くる日も、また明くる日も、その誰かは林から現れた。やって来る時間はバラバラで、ムルはいつもどおりプカプカ浮いていても、足音が聞こえるとさっと隠れるのだった。

そうして時には、アシのなかに身を隠してこっそり相手をのぞき見た。その子はいつも散策路のつきあたりに腰かけて、仏頂面で川を眺めていた。左右には散策路と書かれた表示板と大きな松がぬっと立っている。その子は一度もそこから先へ出たことがなかった。

いつも泥まみれで、ふくれっ面をしてなにかつぶやいていた。自分が空や林を見ながら独り言を言うときもあんな表情をしているんだろうか。どこか似た者同士のような気がして、心が揺れた。やせた枝が飛んできたのはそのときだった。

「いたっ」

ムルが頭を押さえて言った。クスクス、と低い笑い声が聞こえた。顔を上げると、その子が口を押さえて笑っていた。またあの目だ。ムルが避けつづけていた、きれいだけれど、怖い目。急いで水中に逃げようとするのに気づいたのか、その子が呼びかけた。ムルの耳に届くほどの大声で。

「ずっとこっちを見てたの、知ってるよ。いつまで隠れてるつもり？」

頭をつっこんでしまえばそれまでなのに、なぜか動けなかった。返事をする代わりに、さっきの枝を拾って投げ返した。枝は相手の足元に落ちた。その子は枝を拾い上げてまたもや振りかぶった。

ムルは、今度は飛んできた枝をキャッチした。するとその子が、このあいだのようににんまりと笑った。空っぽの胸に波が立った。投げ返せという合図で、ムルはまた枝を投げた。そうして日が暮れるまで、ふたりはキャッチボールをするように枝を投げ合った。遊び終わるころには腕が痛くなっていた。その子が息を弾ませながら訊いた。

「ずっとそこにいるんだよね？」

ムルはうなずいた。その子は立ち上がってお尻をはたき、続けた。

「明日も来るよ。ちゃんと出てきて挨拶してよね」

そう言うと、初めて会った日のようにひょろひょろと手を振り、くるりと背を向けて暗い林へと消えていった。ムルは、その子がさっきまでいた場所と、手のなかの枝を交互に見た。青白い顔にわずかな赤みが差した。えいっと水に潜った。その跡に泡が立ちのぼった。

水草の合間に横たわり、枝を握りしめて考えた。本当に明日も来るかな？　本当に来たら、なんて挨拶したらいい？　このあいだみたいに、ハイって？　そういえば、あの子をなんて呼べばいいんだろう？　いつまでも「あの子」なんて呼ぶのは、変だし不便だ。

寝返りを打ちながらじっくり悩んだ末に、ムルは「あの子」をひとまず林《スプ》と呼ぶことにした。なぜなら、水《ムル》に棲む自分もたんにムルと呼ばれているからだ。もとは名前などなかった。そもそも呼ばれることもなかった。ムルがムルと呼ばれだしたのは、川に邪悪なものが棲みついているという噂が広まりはじめてからだ。

小さな事故が続くと、村人たちは巫女を呼んだ。カラノルな韓服に身を包んだ巫女がムルに向けて、凶暴で邪悪な存在だと毒づきながら踊りを舞い、村人たちはその脇で手を合わせてひたすら祈った。ムルに消えてほしいと。ムルも一緒に祈った。この川から消えたいと望んでいるのは、誰よりもムル自身だった。

派手な儀式だったが、ムルは成仏できず川に残った。村長が呼んだという巫女はインチキで、巫女と村長は村人たちから集めた金を山分けした。それ以降、村ではムルのことを水に巣食うもの、もしくはたんにアレと呼んだ。そして、アレというのはあまりに曖昧すぎてわかりにくいことから、いつしか水《ムル》と呼ぶようになった。

「あそこの水辺に近づいちゃいけない」

「あの川は不吉だ」

川はそうして見捨てられた。呼ぶ者もいなくなったのだから、邪悪なものだろうとアレだろうと、どう呼ばれようが関係なくなった。それにムルは、ムルという名前が嫌いじゃなかった。邪悪なもの、に比べれば、ムルのほうがずっとやわらかくやさしい感じがした。

翌日、スプは本当に現れた。朝からずっと待っていたムルは、ゆうに百回は練習したとおりに、骨ばった手を胸元で広げ、ゆっくり振りながら言った。

「ハイ」

スプが顔をほころばせて両手を振った。

◇　◇　◇

空が白みはじめるが早いか、ムルが水面から頭をのぞかせた。まだ静けさの漂う明け方だ。スプはいつもその日の気分でやって来ては帰っていくので、今日もいつ来るかわからない。茂みが揺れる音に、目を皿のようにして何度となくそちらを見やったが、現れたのは野良ネコや野ネズミだった。

日が沈みかけたころだった。暗がりから影が近づいてきて、ムルは思わず深呼吸した。重々しい足取りで懐中電灯を手に現れたのは、スプではなく釣り人だった。久しぶりの夜釣りに出てきた男は、小ぶりのテントを張ってのんびりと道具をいじりはじめた。男に罪はなかったが、ムルは八つ当たりしたい気持ちになった。

「今日は来ないのかな」

がっかりして傍らのアシを手折っていたときだった。かすかに、濡れた土を踏む音が聞こえた。そして、木がきしむ音。ムルは反射的に顔を上げた。釣り人はなんの気配も感じないのか、作業に没頭している。

闇の奥からヨレヨレの格好をしたスプが現れた。そうしてムルのほうに顔を上げたかと思うと、なにも言わずふさいだ表情で座りこんだ。つま先で地面を蹴る格好は、いかにもふてくされている様子だ。

一日中待っていたムルは戸惑った。いつだって最初に話しかけたりちょっかいを出してきたりするのはスプのほうだったから、こういう場合にどうしていいかわからなかった。普段のスプとはどこか違い、どう見ても不機嫌そうだ。ムルは静かに立ち去ったほうがいいだろうかと悩んだ末に、水際に寄ってそっと枝を投げてみた。スプが振り向き、空中で視線がぶつかった。スプがかすれた声で言った。

「今日はそういう気分じゃない」

ムルが釣り人のいるほうを指さした。スプはキョロリと目を動かしてそちらを見た。ムルがスプに目配せしながら、水を切って男のほうへ近寄っていった。

男はカップラーメンを食べながら鼻歌を歌っていた。ムルは水草を集めてひとまとめにし、それを釣り針に引っかけてぐいと引っ張った。糸がピンと張るのを見た男は、カップラーメンを置いて竿を握った。ムルがそっとスプを見やると、スプは好奇心に満ちた目を輝かせながら、その様子を見守っていた。

大喜びで釣り糸を巻き上げていた男の顔からさっと血の気が引いた。釣り針に引っかかっていた水草の塊は、闇夜のなかで黒々とした髪の毛のように見えた。男が悲鳴を上げながら竿を投げ捨てると、ムルは今だとばかりに水草の塊をかぶった頭を川からぬっと突き出した。男は腰を抜かしてドスンとひっくり返った。

追い打ちをかけるように水草を揺らしてみせると、男はバネのように飛び起きてすたこらと逃げていった。釣り道具やカップラーメンをそっくり置いて。背後でスプが大笑いしている声が聞こえた。澄んだ涼やかな声だった。

ムルとスプは遠ざかっていく釣り人の後ろ姿を見ながら笑った。なかでもスプは、釣り人がよろけるたびに腹を抱えて笑った。ムルはというと、スプが笑ってくれることが嬉しくて笑った。スプが、笑いすぎてこぼれた涙を拭きながら言った。

「おかげで元気が出てきた。またやってくれる？」

ムルは、はにかみながらうなずいた。スプの顔は、さっきよりはずいぶん晴れやかになっていた。ムルは何気なく尋ねた。

「でも、どうして暗い顔してたの？」

「探しものがさ、どこにあるんだかぜんぜんわからなくて」

「探しものって？」

できるものなら一緒に探してあげたかった。スプがひとりで探し歩くには、あの松林はあまりに暗くて寒そうだから。スプが顔を上げてムルを見た。そしてどうにも読み取れない不思議な表情を浮かべたかと思うと、人さし指を口元にあてて首を突き出し、こうささやいた。

「秘密」

その夜は枝を投げて遊ばなかった。スプは疲れて見え、ムルもまた妙な心持ちだった。ふたりはどうでもいい話を交わした。それさえも、激しい風に遮られて声がうまく届かなかった。スプは夜明け近くになって腰を上げ、ムルに向かって言った。

「また来るね」

「うん。待ってる」

スプの後ろ姿が林へと消えていった。

ムルは、いつからか一日中スプを待っている自分に気づいた。スプがいないときもスプに会いたかった。足音が聞こえないかとつねに散策路のほうへ耳を澄まし、茂みが揺れる音がしただけでも、もしやスプではないかと急いで身を起こした。一緒にいるときも、そろそろ帰ると言ってスプが立ち上がると、寂しさがこみ上げた。川から出られないわが身を呪った。

「スプはどうしていつも林をウロウロしてるんだろう」

スプを知りたいという気持ちは日増しにふくらんでいった。それは喉の乾きにも似ていて、水中にいるくせに喉が渇いた。緑藻の交じった水をたらふく飲んだところで無駄だった。その渇きは、スプと一緒にいるときだけ癒やされるのだと知っていた。

ムルは嵐を待った。川のお化けが地上に上がれるのは、雨で川が氾濫したときだけ。ありとあらゆる不幸が巻き起こるそんな日。あらゆるものが一線を超えるそんな日は、ムルも水から出ることができた。スプのもとへ行くには雨が必要だった。川の水があふれるほどの雨が。

そんなふうに季節が過ぎた。ムルとスプは毎日顔を合わせた。ムルは自分にとってめいっぱいの浅瀬まで近づき、スプも自分にとってめいっぱいのところまで踏みこんで相対した。それでも、ふたりの距離は遠かった。幽霊の声は限りなく細く、風がある日にはどんなに叫んでもお互いの耳に届かなかった。スプは相変わらず暗い松林をさまよい、ときどき物憂げな表情を見せた。

◇　◇　◇

雨は突然やって来た。ひとつの季節が過ぎゆくあいだ、霧のようにぱらつくことしかなかったものが、空をも裂きそうな勢いで降り注いだ。川面は波打ち、水位が高まった。村に鳴り響く避難指示のサイレンがムルの耳にも届いた。

ムルは地面を踏んだ。久しぶりの硬い地盤を足裏に感じながら、松林へと進んだ。一歩、また一歩と進んでいき、スプがいつも座っている板張りを踏むと、松のにおいがふわりと漂った。ムルは大きな松と散策路の表示板のあいだに立った。雨に濡れた松林は普段より色濃い。ムルはスプのように、そこから自分のいた川を見つめた。川面に無数の同心円が浮かんでは消えていった。

もっと林の奥へ入ろうと踏み出しかけたとき、表示板の裏側に貼られている紙を見つけた。川からは見えない位置だった。初めは護符かと思った。黄色い紙に赤い文字という組み合わせだったからだ。だがそれは、よく見るとビラだった。人捜しのビラ。紙が黄色いのは、長い月日のあいだに色褪せたせいだった。

［イ・ヨン／1990年8月20日生まれ／失踪当時は○○高校の制服と黄色い名札を着用］

ムルはビラの写真を見た。そこにスプがいた。写真もやはり色褪せていたが、笑ったときに目を細める姿はまさしくスプだった。無意識に写真のほうへ手を伸ばしたそのとき、背後から声が聞こえた。

「ここまで会いに来たんだ？」

びっくりして振り返った。目の前にスプがいた。驚きすぎて尻もちをつくところだった。スプが肩を揺らして笑っているあいだ、ムルは後ろへ下がった。濡れた松が背中にあたった。

「川から出てきたんだね」

スプの裸足を見つめていたムルは、ゆっくりうなずいた。黒く濡れた地面を踏む白い足に、どこか違和感を覚えた。土まみれのスプの足に比べ、自分の足には緑色の水草が足枷のように巻きつき、ところどころ青い苔が生えている。スプがふいに腕を伸ばしながら近づいてきた。ムルはぎゅっと目をつぶって身を縮めた。スプがいたずらっぽい声で言った。

「毎日会ってるのに、なに驚いてんの」

そっと目を開けると、スプが雨に濡れたビラを手のひらで伸ばしていた。とっくの昔にくたびれ果てたビラを、このうえなく大事なもののように、大切に大切に。

ムルは鼻白んだ。そのせいで地面ばかり見つめていた。大雨を浴びた地面から生臭いにおいがした。地上でスプに会ったらたくさん話したいと思っていたのに、いざ向き合ってみるとなにも言い出せなかった。まともな会話というものを久しくしていないせいだろうか。それに比べ、スプはおしゃべりだった。まるで、あてがなくて押し殺してきた言葉を一気に吐き出すかのように。

「毎日このビラを見に来てるんだ。林のなかにも、なんかの目印みたいにあちこちに貼られてる。普段はもっと奥のほうにいるんだけど、そっちは暗くて寒い。こっちへ出てみたら、きみがいたってわけ」

スプが自分を見つけてくれてよかった。ムルはありがとうと言おうとしたけれど、なんだか場違いな気がして、出かけた言葉をのみこんだ。

「初めて会ったとき、恥ずかしがり屋なんだろうなって思った。水のなかに隠れて、顔だけのぞかせてたから」

そのとおりで、言い返す言葉はなかった。すぐそばで聞くスプの声が心地いい、それだけだった。スプが首を傾げながら訊いた。

「バトンタッチ。なにか話して」

「話すことなんかないよ。あの川に棲んでるってこと以外」

「そう言うと思った」

しばらく気まずい沈黙が続いた。スプがまた訊いた。

「じゃあさ、自分が死んだときのこと憶えてる？」

ムルは首を振った。スプは、同じだね、とつぶやいてからビラを指した。

「憶えてないから、毎日これを見に来るんだ。自分を忘れないように。自分の名前とか、顔とか、死んだときの歳とか。知ってたらどうってわけじゃないけど、自分が薄らいでいくのを少しでも食い止められるんじゃないかって。それに、きみにも会えたしね」

最後の言葉に、ムルの渇ききった心臓がドクンと鳴った。そんな心情を知ってか知らずか、スプは独り言のように続けた。ムルはその何気ない言葉に耳を澄ました。

「林から出られないってことは、きっとこの林で死んだんだろうね。どっちにしろ、いっときはこの世界に存在して、今もここにいる。寂しくて冷たくてびしょびしょだけど、自分のことが見える人より見えない人のほうが多いけど、それでも、こうしてここにいる」

スプがムルを振り向いた。はかない視線が空中でぶつかった。イ・ヨン。ムルはその名前を心のなかでくり返した。イ・ヨン。イヨン。母音と半母音からなる名前は、なめらかに発音できた。スプにぴったりだと思った。と、なにかに突き動かされるようにその名前を呼んだ。

「イヨン」

スプがムルを見た。大きな目が瞬いた。ムルはスプの瞳を追った。スプの瞳は小刻みに震え、一度うつむいたかと思うと、再びムルに向けられた。

「きみの名前は？」

ムルは生きていたころの記憶がなかった。スプのように、自分もなにか話してあげたいのに。悲しくなった。もらったぶんだけ返してあげられないことが悲しかった。そしてぽつりぽつりと答えた。

「忘れちゃった。教えてあげられる名前がないんだ。名前はもちろん、顔を見たのもずっと昔で、自分がどんな顔をしてるのかもわからない」

するとスプが言った。

「そっか。それならまたつければいいよ。自分が誰かわかるように」

初めて聞く言葉だった。あまりに胸を震わされ、こんな言葉を聞いていいものか怖くなった。ムルは深くうなだれた。スプの言葉はどこかくすぐったくて、どう反応していいやらわからなかった。

「……名前を？　つける？」

「そう」

スプがムルの肩をつかんで自分と向き合わせた。その恐ろしいほどまっすぐな視線に、思わず、いいよ、と答えてしまった。すると、さっきまでの不安はときめきに変わった。

スプがじっくり考えてから言った。

「ヨウルはどう？」

「ヨウル？」

「きみの棲んでるあの川、早瀬《ヨウル》って呼ばれてるみたい。ほら、いたずらに引っかかったあの釣り人がそう呼んでた」

「ヨウル」

いい名前だった。といっても、スプがつけてくれるならどんな名前でも気に入っただろう。なによりスプの名前と同じ、母音と半母音からなっているのがいい。まるでつがいのようだった。ムルは、はにかみながら、いいね、と答えた。スプがムルの濡れた手を握って言った。

「次からはお互い、名前で呼び合おう」

しだいに雨が細くなってきた。そろそろ川に戻る時間だ。嵐があまりに短く感じられた。水中での時間はとてもゆっくりと進むのに、スプといる時間はあっという間に過ぎてしまう。この雨がやむことなく永遠に降りつづいてくれたら。踵を返すムルに向かって、スプが言った。いつものように、白くてやせた手を振りながら。

「次はこっちから会いに行くね」

◇　◇　◇

ムルは、スプの名前と、忘れてしまった自分の名前について考えた。次に会うときはもっと長く、たくさん話を交えたかった。スプが毎日のように探しているものはなんなのか知りたかったし、いつか自分に話してくれたらと思った。その日を想うと、果てしない死後の日々も怖くなかった。見知らぬ人々が現れたのは、そんなある日のことだった。

彼らはこれまで川にやって来た釣り人や村のお年寄り、道に迷った子どもとは違っていた。折り目のついた服を着て紙の束を手に持ち、ぼんやりとした、あるいは虚しい、もしくは焦った表情などではなく、深刻な面持ちだった。かといって、怒っているようでもない。

「ゴルフ場の敷地を考えると、この川は埋めたほうがよさそうです。どうせ藻だらけで使われてもいませんし、過去には事故も多かったようです。安全面でもこのままにしてはおけません」

「あの陰気くさい林とこの川まで合わせれば、かなりの見積もりになりそうだ」

「まず山を削ってはどうでしょう。高みにペンションを建てるのもよさそうです。すばらしい見晴らしだと思いますよ」

理解しがたい言葉が行き交った。聞いたことのない単語が並ぶ会話から、ムルはいくつかの内容を聞き取った。林をなくす？　自分とスプのいるこの川と松林は、あって当然のものだった。それがなくなるなんてことはただの一度も考えたことがなかった。ムルはスプに訊いた。

「あの人たちの話、どういうことなんだろう？」

　スプは遠くを見るような目で、腹立たしげに言った。

「聞かなくていい。あんなのデタラメだよ」

　だが、そう言い捨てるスプの全神経は、機械音が聞こえてくる林の奥へと向けられていた。橙色のショベルカーが入ってきた日、ふたりはもう会話を続けられなくなった。幽霊のか細い声は機械音に埋もれてしまい、どんなに大声で叫んでもお互いの耳に届かなかった。スプは一日中、魂が抜けたような顔をしていた。ムルは不安になった。スプが今にも消えてしまいそうな気がしたからだ。どういうわけか、その日のスプはものすごく薄らいでいるように見えた。

　がなるような機械音とともに、松が一本、二本と倒されていった。深刻な顔をした人々はその後もやって来た。スプがいつも腰かけていた、曲がりくねった松と散策路の表示板のあいだから主が消えて一週間。松林はみるみる削られていった。木が引っこ抜かれ地面が掘り返された。林が消えつつあった。林《スプ》が消えたら、イヨンはどうなってしまうんだろう？

　不思議なほど雨の降らない日々が続いた。ねずみ色の空は今にも雨を降らしそうにうごめいていたが、結局は霧雨を降らす程度だった。ムルは怖かった。二度とイヨンに会えない気がして。イヨンが松林とともに消えてしまう気がして。不安は怒りとなった。不吉だなんだと見向きもしなくなったくせに、今になってこの騒ぎは何事だ。人間たちが恨めしかった。イヨンが現れなくなったのも彼らのせいではないのか。久しぶりに訪れた、どす黒く渦巻く感情だった。その漆黒のなかへとのみこまれそうだった。こんなにどろどろした陰湿な気分になったのは、はるか昔、幽霊になったばかりのころ以来だ。山から崩れ落ちた土で不気味に濁る川のただなかで、ムルの黒い瞳が冷ややかな光を浮かべた。男が目に留まったのは、まさにそのときだった。

「はい、順調に進んでいます。昨日は木を引っこ抜くのにひと苦労でした。ここらの木はしぶとくてかないません。ええ近々工事を始められると思います。川のほうはもう少しかかりますが」

　いつか折り目のついた服で現れた男だった。男はあのときと同じ服装に、黄色いヘルメットをかぶってタバコをふかしていた。タバコの煙が霧のように周囲を漂っている。

通話を終えた男が、吸い殻をぽいと川に投げ捨てた。川と地上の境界にはそんなふうに捨てられたおびただしい数の吸い殻があった。ムルは射貫くように男を見つめた。そして進んでいった。境界へと。

風もないのに川面が波立った。なにかの気配を感じた男が川を見た。自分のほうへ近づいてくる黒い影があった。初めは水草かと思ったが、違った。黒く長い髪、青白い顔、落ちくぼんだ黒い目のなにかが水のなかを男のほうへと迫ってきた。

男はじりじりと後ずさった。逃げようとしたが、体が言うことを聞かなかった。まるで水中にいるかのように息ができず、水草に足をつかまれたかのごとく身動きできなかった。男の目が悲鳴を上げた。水の奥から、水草をまとった細い腕が伸びてきた。口から悲鳴を上げる間もないまま、男は一瞬にして川へと引きずりこまれた。

男がもがき、その足首をつかむムルの手に力がこもった。足首がボキボキと音を立てながら奇妙な角度に折れた。男の悲鳴は水中に掻き消えた。男が脚をばたつかせたそのときだった。バシャバシャという水音の向こうから、懐かしい笑い声がムルの耳をくすぐった。ムルは男の口をふさぎ、急いで水面に顔を出した。曲がりくねった松と表示板のあいだにイヨンがいた。

「イヨン」

ムルは震える声でその名を呼んだ。自分の目が信じられず、自分も幽霊でありながら幽霊を見たような気分だった。本当にイヨンだった。イヨンはまだ会って間もないある日のように、やせさらばえた手を振りながら叫んだ。

「すぐに行くから。少しだけ待ってて」

ムルはうなずきながら手を振った。そしてイヨンに届けと大声で答えた。

「待ってる」

それがイヨンの耳に届いたかはわからないが、言葉にならない感情がムルを包みこんだ。頭のなかは、イヨンを少しでも笑わせてあげたいという思いでいっぱいだった。ムルは男の足首に、手首に、首に水草を巻きつけた。男が両腕を振り回せば振り回すほど、硬い水草は踊るように肉に食いこんだ。

男が沈んでは浮かぶ姿は、熱い鍋に放りこまれたカエルさながらだった。イヨンは松の切り株に腰かけておかしそうに笑った。この間の危惧や不安がきれいに吹き飛んだ。灰色がかった世界は晴れ、殺風景な景色に散らばるタバコの吸い殻までもが美しく感じられた。ムルはイヨンが林の奥へと消えるまで手を振りつづけた。さよならではなく、ここで待っているからという意味で。

翌日、川には男の死体が浮かんでいた。それでも山を削る工事は続けられた。

◇　◇　◇

ムルは朝から晩まで散策路のつきあたりに視線を据え、イヨンが現れるのを待った。今や表示板はポキリと折れたまま放置されていた。イヨンが歩いていた板張りも、ビラの貼られていた木々もなくなった。これではもう、きしむ音とともに現れるイヨンの気配を感じ取れないだろう。イヨンが来ても気づけないかもしれない。だからちゃんと目を見張っていなければならなかった。イヨンを見つけられるように。時間はひとりで過ごしていたとき以上に遅々として進まなかった。

ある日、林の奥から悲鳴が聞こえてきた。空に薄墨色の雲が連なる日だった。色濃い空の合間から雷と稲妻がこぼれた。機械音が一斉にやんだ。餌を探し求めるアリのように散らばっていた作業員たちが悲鳴の出どころへ向かった。誰かが叫んだ。

「おい、し、死体が！　死体があるぞ！」

集まった人々が死体を掘り出した。イヨンが毎日のようにそぞろ歩いていた板張りの下だった。ムルは遠目にその光景を見守った。泥のなかから現れた白骨には、イヨンの服に似た、白と黒の布がくっついていた。これこそがイヨンが探し歩いていたものだとわかった。ムルはキョロキョロと辺りを見回した。

ざわめく人波をかきわけるようにしてイヨンが歩み出た。全身泥だらけの姿で膝を折って座り、かつて自分の体を成していた骨をじっと見つめた。手を伸ばし、骨を撫でた。そうして骨の奥から、黄色くきらめく物体を取り出した。イヨンが顔を上げて正面を見た。ムルと目が合った。イヨンがムルに向かって晴れやかに笑いかけた。ムルもイヨンに晴れやかに笑い返した。

昼夜の区別もつかないほど暗い空に轟《とどろき》が走った。ムルは天を仰いだ。大きな雨粒が額や鼻筋を打った。たちまちムルの周囲にポツポツと円が浮かんだ。雨はしだいに激しくなった。このまま世界が滅亡するのではないかと思うほどに。

集まっていた人々がぱらぱらと散らばっていった。イヨンの骨はブルーシートの天幕の下に寂しく横たえられた。ムルは口を開いてイヨンを呼んだ。

「イヨン」

ムルの声は雨に掻き消された。激しい雨に視界がかすんだ。イヨンの姿はなかった。でも、不安は感じなかった。なぜなら、すぐに行く、イヨンがそう言ったから。ムルは氾濫を待った。そして、イヨンを待った。

◇◇◇

ムルが経験したことのない嵐がやって来た。川は見る間に増水し、集めて置かれていた土や根こそぎ引き抜かれた木々が川に流れこんだ。ムルの世界が波打った。あっという間に増えた水は怪物と化して周囲をのみこんだ。そんな光景を前にしても、ムルはイヨンのことだけを考えつづけた。

閃光が走り、視界が白く染まった。点滅のあとには轟音が響いた。世界が崩壊する音。水面が揺れ、地面が震えた。濡れた土のにおいが充満した。ムルは濡れた地面にやせた足をついて、こちらへなだれ落ちてくる土塊《つちくれ》を見つめた。山が流れていた。あれほど高くて硬い山が水のように流れていた。村ではサイレンが鳴り響いている。人々の悲鳴とざわめき、後悔が一緒くたになってムルの耳に届いた。

［土砂崩れです。住民のみなさんはただちに避難して……」

アナウンスは雑音とともに途切れた。ムルはゆっくりと目を閉じてから開いた。そこかしこから転がり落ちる岩や土が川を埋めていく。川がなくなったら、川のお化けはどうなるのだろう。消えてしまうんだろうか？　心から望んでいたことなのに、今は嬉しいと思えなかった。

イヨンに会いたかった。降り注ぐ雨と土と石の合間で、ムルはイヨンを待った。きっと来る。打ちつける雨でまともに目を開けなかったが、ムルは懸命にまぶたをこじ開けた。濁った視界に白い手が現れたのはそのときだった。懐かしい声が聞き馴染みのない名を呼んだ。

「ヨウル」

イヨンの声。

「会いに来たよ」

イヨンが手を差しのべた。ムルはその手をつかんだ。やせさらばえ、骨と皮だけになった手と手がつながると、それはあたかも小さな木の根のように見えた。半ば泥に埋もれていた体がふわりと浮いた。ムルはイヨンの胸元に、それまで見なかったものを見つけた。名札だった。黄色いプラスチックの板にイヨンという三文字が刻まれている。イヨンはそれを取って差し出しながら言った。

「あげる」

ムルがイヨンの目を見つめた。そして名札を受け取った。イヨンもムルの目を見つめた。雨と土がひっきりなしに降り注いだ。それは村を、川を、松林を、水《ムル》と林《スプ》の世界を、水《ムル》と林《スプ》の垣根をすっかり覆いつくした。木が川へと転がり、川は村に突き進んだ。屋根が沈み、家中の物という物が水に浮かんだ。ムルは世界がひっくり返るのを見た。そして今一度、ゆっくりと目を閉じて開いた。イヨンは依然そこにいた。ムルは力の限りイヨンを抱きしめた。イヨンもムルを抱きしめた。

「会いたかったよ、イヨン」

お互いの名を呼び合ったとたん、世界が暗転したかのようだった。すべての音が消え、穏やかな沈黙が訪れた。そこにはもはや川もなければ、林も、村もなかった。ヨウルとイヨンはひっくり返り混沌と化した世界で、残ったのはお互いのみとばかりにぎゅっと身を寄せ合った。世界がどうなろうとどうでもいいというように。ふたりは濡れた土のにおいに埋もれたまま、目を閉じた。

カクテル、ラブ、ゾンビ

칵테일, 러브, 좀비

1

いつもと変わらない日曜の朝だった。キムチ入りのもやしスープが酸っぱいにおいで嗅覚を刺激するなか、食器がぶつかる音がまばらに響いた。ジュヨンはいたずらにごはん粒をいじりながら、向かいに座っている母を見た。スープにごはんを交ぜているその手の甲には、青白い血管が浮き出ている。

「ちゃんと食べなさい」

母が言い放った。ジュヨンは匙を置いて言い返した。

「こんな状況でまともに食べてるほうがおかしくない？」

母は箸でキムチを取りながら言った。

「なにがよ」

ジュヨンは四角いテーブルの前に座っている父を指した。父は真っ青な顔をして異常にゆっくりと瞬きしながら、空っぽの器を匙ですくっていた。目の焦点は定まらず、体からはすえたようなにおいが漂っている。怒りとも恐怖ともつかない感情がこみ上げてくるのをぐっと抑え、努めて冷静な声で言った。

「お父さんがおかしいでしょ」

「お父さんのどこが」

「ゾンビ！　これもうゾンビでしょ。お母さんには生きた人間に見えるの？」

スープを混ぜていた母の手が止まった。見れば、母のごはんだって少しも減っていない。母はたちまち目を赤くして、じっとジョンをにらんだ。そのあいだも、父は匙を宙にさまよわせている。カツン、カツン、と乾いた匙が陶器にぶつかる音は、どこか平和を感じさせる。母が口火を切った。

「じゃあ、あんたには死んでるように見えるって言うの？　外で飲み呆《ほう》けて始発で帰ってきたと思ったら、夜までぐうすか寝て深夜にサッカー観戦、朝になって飯を出せって席に着いてるんだから、あんたのお父さんに間違いないじゃない。この人はね、ちょっと具合が悪いのよ。そのうち治って、あっけらかんとした顔で……」

母は最後まで言えず、顔を背けた。そして何度か深呼吸をしていたかと思うと、立ち上がってテーブルを片付けはじめた。

「食べないならもういいわ。あなたもほら、行って」

そう言って父から匙を奪った。空っぽの手をしばらく凝視していた父は、ふらつきながら寝室へ入っていった。その短い距離の移動に何度もよろめきながらも、不思議なことに転びはしなかった。母は食器をシンクに運びながらひとりつぶやいた。

「ああもう、うんざり。食べるだけ食べてあとは知らん顔なんだから」

厳密に言うと、父はなにも食べていない。ゾンビは人間のごはんを食べられないのだ。だがジュヨンは、しいて否定するようなことはせず、母の愚痴につきあった。

「お父さんの身勝手は今に始まったことじゃないでしょ」

洗い物を手伝おうとしたが、母は狭いシンクにふたりで立つのは窮屈だからと、ジュヨンをリビングに追いやった。追い払われたジュヨンはソファに座ってテレビを点けた。昨夜の事態に関するニュースが流れた。

「ウイルスの感染経路についての発表はまだありませんが、屋外での活動をできるだけ自制していただき……」

具体的な症状や感染経路といった内容はなく、簡単な注意事項に留まっていた。ぼんやりと、だが心がざわつくのを感じた。週末の暖かい朝の陽射しを感じながら、今後の展開について考えた。

普通、ゾンビが登場すれば世界は滅びる。これまで観てきたゾンビ映画ではそうだった。滅びたくなければ超人的な正義感と体力、頭脳をもったヒーローたちがワクチンを見つけなければならないが、現実にはそんなヒーローなどいない。だから、世界はもうすぐ終わるだろう。世界とまではいかなくても、ゾンビが現れたソウル、つまり韓国は終わる。韓国とまではいかなくても……少なくともこれだけは言える。わが家は終わる。いや、とっくの昔に終わってる！　中学時代の日記帳は、どこもかしこもそんな言葉だらけだ。おっと、重要なのはそこじゃない。ジュヨンは好き勝手に広がっていく思考をなんとか食い止めた。そして、改めて状況を冷静に整理した。

昨日、ソウルの随所でゾンビが出没した。最初の事例として報告された自営業のBさんは、病院の救急センターで妻のCさんと医師を攻撃して逃げようとし、警察の発砲によって死んだ。Bさんの体からは計十二発の銃弾が見つかったが、周囲の目撃談によると、Bさんは十二発目を眉間に撃ちこまれるまで動きつづけていたという。

こういった事件がさらに三件あった。そして昨夜、ジュヨンが塾の講師陣との食事会を終えて帰宅するまでのあいだに、一日中ふつか酔いにあえいでいた父は黒い血を吐いて意識を失った。母が１１９番に連絡したが、救急車は来なかった。ジュヨンがべろべろに酔っぱらって戻ったとき、父の唇と歯は真っ黒に変色していた。薄暗いリビングで携帯を手にぽつんと座りこんでいた母は、呆然とした表情でひとこと言った。

「お父さんが……どこか悪いみたい」

その日のニュースで観たゾンビはみな射殺された。母は父をあんな目に遭わせるわけにはいかないと言った。そのうち政府が対応してくれるだろうから、なにか対策が見つかるまでうちでかくまおうというのが母の意見だった。ジュヨンは同意した。なかには、なんて馬鹿な真似を、いい迷惑だと後ろ指を指す人もいるかもしれない。でも、ついさっきまでピンピンしていた家族を死に追いやるなんて、そうそうできることではない。それがどんなに忌々しい家族であっても。

◇◇◇

父がゾンビになって三日目、ジュヨンがつきとめた事実はひとつだった。ゾンビは生前の生活パターンをくり返すということ。父は毎日、朝晩の食事どきになると食卓についていて、食べられもしないのにごはんを出せと催促した。なんともむかつく光景だった。

そりゃあゾンビだってお腹は減るだろうけど、だからって人間の肉をはいどうぞってわけにはいかない。

「縛っとくべきじゃないかな」

「縛る？　お父さんを？」

母がとんでもないという顔で反問した。ジュヨンはため息とともに頭を掻きむしった。イカれた父を母ひとりに任せられず、塾を休んで三日目だった。ひとまずは休暇願を出して認められたものの、それでいつまでしのげるかはわからなかった。

父がゾンビになっても、日々の暮らしは続く。食べていくには生活費が必要だ。母は専業主婦、ジュヨンは進学塾に勤めていた。勤務歴は短くないものの、安定した職場とはいえなかった。お金を貯めて大学院に進むつもりだったが、それもどうなるかわからない。母がごはんをよそいながら、上の空で言った。

「大丈夫、どうにかなるわよ」

どうにもならないに決まっている。ジュヨンが「わが家は終わった」と思う理由がここにあった。生活費、父が毎月たがわず稼いできたお金。考えただけでうんざりする、厄介なもの。塾講師をして稼ぐ額など、当座の生活費程度だ。貯蓄や老後資金など夢のまた夢、ふたり家族の生存に必要な最小限の金額。見方によっては、それにも満たない金額。塾を辞めてどこかに就職するとしても、奇跡的に大企業にあたらない限り稼ぎが大幅に増えることはなさそうだ。

母はどう思っているんだろう。この家にまとまったお金はあるんだろうか。家を売って事業でも始めるべき？　それで失敗したら？　考えれば考えるほど八方ふさがりだ。ジュヨンは無表情でテレビに視線を向けたまま、黙々とチャンネルを変えていった。どのチャンネルも似たような内容を伝えていた。

［ゾンビ出現という信じがたい状況が発生しました。今のところ一次感染者の数は確認されておらず、国民の皆様方の迅速な対応と協力が求められています。ゾンビ通報は999、お忘れなく］

父が感染して二日ぶりに、ゾンビに関する正式な記事が出た。感染経路はいまだに不明。ニュースではものものしい防護服姿の人たちがウロウロしているようだったけれど、たしかな情報はなにもない。映画ではいったん感染が始まると瞬く間に壊滅状態になるのに、このウイルスは非力なのか、マンションのベランダから見える風景は平和そのものだ。サイレンの音がいつもより少し多く聞こえ、武装した警察が増えたことを除けば、世界はいつもどおりだった。

　そろそろ食事の時間なのか、寝室から父が出てきた。ジュヨンは腐りかけた父を見つめた。空っぽの器を前に匙を震わせている様子は憐れでさえあった。その姿は生前とそう変わらないように見え、ジュヨンはふと、この人は本当に死んだんだろうかと思った。

　父はそれ以外にも、生前の行動パターンをいくつかくり返した。ちょうど週末ということで四時まで昼寝をし、テレビのリモコンを絶え間なく押しつづけ、ときおり本を取ってきて逆さまに持った。いちばんつらいのは平日の朝だった。父はスーツのジャケットをでたらめに羽織り、出勤しようとあがいた。ジュヨンは母とともに早朝に起きて、ゴルフクラブとヘルメット、ロープを構えて父の行く手をふさいだ。その後も毎朝が戦争だった。

　暴れ狂う父に噛まれそうになったこともある。ネット上では、二次感染に関する都市伝説がまことしやかにささやかれていた。ジュヨンは暇さえあれば「二次感染より自殺のほうがマシ?」などというワードを検索窓に打ちこみながら、望んでもいない休暇を過ごした。

◇　◇　◇

事件が起きたのは、感染から一週間後の土曜の朝だった。空腹も限界に達したのか、いつものようにキッチンを片付けていた母に父が嚙みつこうとしたのだ。ちょうどトイレから出てきたジュヨンが椅子を投げたから助かったものの、危うく大変なことになるところだった。

ジュヨンの投げた椅子で腰をやられた父は、しばらくまっすぐに立てなかった。ジュヨンは納戸からロープとテープを持ってきて、母に言った。

「もうムリ。縛っておかなきゃ。とにかく、あれはもうわたしたちが知ってるお父さんじゃない。いつまた攻撃してくるかわからないんだから。ゾンビに嚙まれれば大半はゾンビになる。お母さんも観たでしょ、『ワールド・ウォーZ』」

「……」

父が放つ悪臭はお香や換気ではどうにもならないほどひどくなっていた。おまけに、ゾンビになってからなにも口にしていないせいか、凶暴性は増す一方だ。ワクチンについてのニュースはとんと聞こえてこない。ジュヨンは母の手を握ってぼそりと言った。

「お母さん、しっかりしないと」

母がため息とともにうなずいた。

その夜、ジュヨンは母と一緒にロープの端っこを握って、父がキッチンの食卓につくのを待った。夕日を受けて影法師が伸びる時間。この日もよたよたと出てきた父は、椅子を引いて腰かけた。そしてでたらめに箸を握ると、空っぽの器を引っ掻きだした。おぼつかない手元を憐れに思いながらも、父の頭上にロープを掲げた。太いロープがさっと上半身に巻きつくと、父は罠にかかった獣のようにもがいた。ジュヨンは登山同好会で教わった要領ですばやく父を縛った。

終わってみると、ジュヨンも母も汗でびっしょりになっていた。椅子の背もたれに上半身を括りつけられた父は、拉致された人質のように見えた。このさなかも、手には箸を握りしめていた。ジュヨンは箸を奪いながら、厳しく言い放った。

「どうせ食べられないくせに、こんなものいらないでしょ」

「ンア、ンア」

父が体をゆすった。ジュヨンは父のうつろな目を見ながら静かに言った。

「ごめん、お父さん。でも仕方ないの。お父さんのために人殺しをするわけにはいかないでしょ。お腹が空いてるんだろうけど、我慢して。なにか方法が見つかるまで」

そうは言ったものの、方法が見つかる見込みはなかった。そもそも、すでに心臓が止まった人間を生き返らせるワクチンなどあるはずがない。頭にはずいぶん前から「ゾンビ通報999」が浮かんでいた。

きつく縛り上げた父を椅子ごと寝室に押しこんでから、ジュヨンと母はテレビを点けた。近ごろはテレビを見ている時間が長くなった。欠かさず観ていた週末ドラマが中止になり、緊急ニュース速報が流れた。

「ゾンビウイルスの感染経路が明らかになりました。江南《カンナム》のとあるクッパ店で発見された……」

2

父はいったいどういうわけでゾンビになったのか。ジュヨンが知りたかったのはそこだった。あの日の父は、至って平凡な一日を過ごしていたから。その平凡な一日とは、退勤後に会社の同僚数人と一次会で焼き肉屋、二次会でカラオケ、三次会でビアホール、その後始発の直前に、酔い覚ましにと同窓生がやっている行きつけのクッパ屋に寄ったという意味だ。父は酒好きで頑固、家父長的でコミュニケーションがうまくとれない人だったが、大きなヘマをやらかしたことはない。言い方を変えれば、外では製薬会社に勤める堅実な社会人、家では帝王のごとく君臨したがる五十代後半の典型的な不器用男。ん？　ひょっとして問題は、製薬会社に勤めていたこと？　もともとゾンビウイルスなんてものは、そういうところから広まるものじゃなかったっけ。製薬会社の陰謀が世界中を阿鼻叫喚《あびきょうかん》に陥れるアポカリプス映画なら、すぐにでもいくつか挙げられそうだった。

　でも、それにしては伝染力が弱すぎるようだ。それに、父は製薬会社に勤めて長いけれど、ゾンビウイルスなどという致命的な個体を研究するような職位にはなかった。なんといっても、営業担当だったのだ。

　どうにも原因がわからない。あの日の父は本当に、朝まで酔っぱらっていたということ以外、特記することなどなにひとつないのだ。

［この事態の原因が、ほかでもないクッパ店で提供されたヘビ酒であることが判明しました。政府の発表によると、野生の爬虫類の体内に入りこんだ寄生虫がアルコールを摂取した人に感染させたらしいということです。視聴者のみなさまは当面のあいだ、ヘビなどを漬けたお酒の摂取を避けてください。このあと十時から、保健当局による公開ブリーフィングが予定されています］

そうか、酒か。ジュヨンは困惑を隠せないまま、ニュース速報に見入っていた。揺れるカメラ画面がクッパ屋の床に転がる透明な瓶を映した。甕のような容器の奥に、模型かと見まがうほど大きなヘビのひしゃげた体があった。

生きたヘビを漬けてつくる酒。つまり、ヘビ酒。笑っている場合じゃないのに、失笑が止まらなかった。母の反応もさして変わらないようだった。速報を見ていた母娘は顔を見合わせて、ハハ……と笑った。結局は、にっくき酒が招いた事態というわけだ。

長生きしたヘビの体に入りこんでいた寄生虫は、アルコールに漬けられても死ななかったばかりかそこで変異を起こし、ヘビ酒を飲んだ人たちの脳を食い破ったという。感染者の脳に巣食って臓器を腐らせ、頭は空っぽのゾンビにしたのだと。自分の何百倍、何千倍も大きな生命体を操るのだと。

いつだったか、ヘビ酒づくりのドキュメンタリーを観たことがある。ヘビの精気をそっくりアルコールに宿らせるために、必ず生きたまま甕に入れるという内容だった。父はなんだってそんな気持ち悪いものを飲んだのだろう。埒《らち》の明かない不満をつのらせるうちに、ふつふつと怒りが湧いた。ドジを踏むのは父なのに、つらい目を見るのはいつだって母と自分じゃないか。

出された酒は断らない。それは父の生涯にわたる信念だった。週の半分は飲んで帰宅した。出された酒を断らないでいたらこうなったという父の言葉を、思春期のジュヨンは理解できなかった。

「なんで全部飲むのよ！　加減を見て断らなきゃ」

「生きてりゃ仕方ないこともあるんだ。おまえも大きくなったらわかるさ」

父がヘビ酒を飲んだのも、仕方ないことのひとつだったのだろうか？　そんなもの、どう考えても父の言い訳にすぎない。父はいつだって言い訳した。よく知りもしない株でお金を擦ってしまったときも、一週間ぶりに外出した母のことをいいご身分だと人前で皮肉ったときも、泣きながら訴える母に家族旅行のおみやげに買った木彫りのゾウを投げつけたときも、親しくもないおじの名前で知らない女の番号を登録していたのがばれたときも。ジュヨンは言葉を失った父に心のなかでつぶやいた。信念を貫いた結果がこれ。ゾンビかよ。

ニュース速報の最後のシーンは、クッパ屋で見つかったヘビ酒と、そのなかで生きていたという寄生虫を顕微鏡で拡大した写真だった。ジュヨンはぼんやりと、チロチロ動く寄生虫を見つめた。髪の毛ほどの厚みしかないその表面に、こんなにも多様な細胞がうごめいているのが不思議だった。こんなに小さな体でも変化を成し遂げるのに、生き残ろうと変化するのに、どうしてわたしたちはこうも変わらないんだろう。

テレビを消すと、寝室からうめき声が聞こえてきた。ソファで寝ていた母が目を開け、向きを変えながらつぶやいた。

「お父さん、お腹が空いたみたい」

◇　◇　◇

塾の授業は午後六時から十時まで。ジュヨンは父を縛りつけているロープをきつく締めた。それでも安心できず、事前にネットで買っておいた手錠をはめた。母はなにを考えているのか、一日中ふぬけた表情で座りこんでいる。もうごはんの支度をする必要もないのに、外へ出ようともしない。ふともどかしさを覚えて、ジュヨンは逃げるように家を出た。

通りに人の姿はなかった。一方で道路のほうは、短い距離でも車で移動しようとする人々で混雑している。早めに出たこともあり、塾まで歩くことにした。こんな状況でも冷めることのない学習熱を改めてすごいと思った。到着するなり塾長と面会し、特別講義をフルタイムで任せてほしいと告げた。この時期はつねに人手不足なこともあって、塾長はふたつ返事で了承した。

授業の途中で小さな騒ぎがあった。速報のせいだった。クッパ屋での最初の感染者が判明し、今夜十一時に二次感染についての研究結果が発表されるという。父は間違いなくそのリストに含まれているだろう。

政府から人が送られてくるだろうか？　そこで父を引き渡す？　ネット上にあふれる都市伝説のなかには、政府がワクチン開発のために感染者で生体実験をするつもりだというものもあった。あながちでたらめな話には思えない。それほど現況は出口が見えないのだ。ジュヨンはそっと目をつぶった。空っぽの胃がむかむかした。

帰り道も歩いた。塾が軒を連ねる午後十時の通りは、子どもを迎えにきた親たちの車でひしめいている。方々から、疲れたとぼやく声、心配や愛情のにじむ声が聞こえてきた。無数の家庭のさまざまな声。成績を尋ねる声もあれば、よくやったと褒める声、お金の話をする声もある。

ジュヨンは、自分にとって家族とはなんだろうと考えた。父を愛しているか。愛している。でも、それだけではなかった。母をないがしろにし、頑固で、自分だけが正しいと言い張る父に嫌気がさしたことも数知れない。むしろ嫌な記憶のほうが多い。母についても同様だ。母を愛しているが、父のような人間と暮らしつづける母がとうてい理解できなかった。時には情けなくさえあった。父から受けたストレスの捌け口にされるときなど、母に対しても父同様に嫌気がさした。

それでも、顔を合わせているときは笑顔も見せ、彼らがくれるお金で生活し、大学に通った。大好きだと口にすることもあった。彼らが誰より自分を愛していることも知っていた。だから、時として自分さえも嫌になった。つまるところ、ありとあらゆる憎悪の根底にあるのは愛情だった。

どの家族も同じだろうか？　憎悪を知らず、愛だけで成り立っている家族などテレビのなかにしか存在しないのではないか？　あんなの嘘っぱちだ。この世は適度な嘘で保たれているのだから。

冷たい夜気を吸いこみながら歩くうち、頭が少しすっきりしてきた。視線の先に、母とゾンビになった父が暮らすマンションが見えた。うっすらとリビングの明かりが洩れている。母はまだ起きているようだ。ジュヨンは深呼吸をしてからエレベーターのボタンを押した。そろそろ嘘を剝ぎとるときだ。

玄関を開けたとたん、かぐわしいお香と、リビングのすえたにおいが入り混じった、なんともいえないにおいが鼻をついた。外から戻ったこともあり、いつも以上に強烈に感じられた。母はテレビを点けたまま、暗がりで座りこんでいる。出て行くときと同じ姿だった。ジュヨンはそんな母の前へ進み出て言った。

「お母さん、もう、お父さんとお別れしなきゃ」

母はぼんやりとリモコンをいじるばかりだった。母の手からリモコンを奪い、がなり立てているテレビの電源を切った。周囲の騒音が消えたというのに、母の声はやけに細く聞こえた。

「わたしは……どうだか」

「お母さん」

「お父さんなしでどうやって生きてくの？」

「わたしたちにはこの先の人生があるの」

母が静かにジュヨンを見つめた。ジュヨンはずきずきするこめかみを押さえて言った。

「今日の速報、見たでしょ？　そのうち、役所の人がお父さんの状態を確かめに来る。そしたらどのみち終わりなの」

母が重たいため息をついた。そして、泣くのを必死でこらえている声で言った。

「怖いのよ、ジュヨン。あの人でなしがいなくなるのが」

「仕方ないの」

「そうね、仕方ないのよね」

母は認めるようにこくこくうなずいた。それからふと、ジュヨンを見上げて言った。

「こうしてみると……やっぱりあの人に似てるわね」

リビングは鉛のような沈黙に包まれた。母が手でごしごしと顔をさすった。ジュヨンは遠い目をして母の前に座った。どれくらいそうしていただろう。母がほとばしる感情をなんとか抑えこみ、いいわ、と口火を切った。

「さっき、ジュヨンがいないあいだに電話があったのよ」

「誰から？」

母が携帯を取って差し出した。画面にはジュヨンも何度か会ったことのある、父の同僚の名前があった。

「退職金が出るからって。通常のにプラスして。世間が騒ぎだす前に、病死か事故死ってことにして穏便にすませたほうがいいって」

「退職金か……」

「これ以上、事が大きくならないようにって言うの。当然よね。これまでの感染者が全員社内の人間だってことで、会社はパニック状態みたい。それも、よりによって製薬会社なもんだから、変な噂もあとを絶たないようだし」

ジュヨンは見知った名前の下に添付されているイメージをタップした。名刺を撮ったものだった。赤い背景にやぼったいゴシック体でこう書かれていた。

［ゾンビのことならお任せください。ご臨終からご火葬までを一手に！――Z葬儀社］

「へ、なにこれ？」

ジュヨンが間の抜けた声で訊くと、母は力ない声で答えた。

「なにって。ここに頼めってことでしょ、お父さんを」

これもネットで読んだことがあった。感染者の家族相手に商売する輩がいるようだと。政府に引き渡せば遺体を返してもらえないという話は公然たる事実だったから、ゾンビになった家族の遺体を自分のところで引き取りたいという家族が利用するらしい。母がつぶやいた。

「生きてるあいだも尻ぬぐいばかりさせて、死に際まで面倒かけるなんて。そういえば、今日は発表がある日じゃなかった？　テレビを観ないと」

母の白目がひときわ充血していた。床に転がっていたリモコンを拾って渡すと、母は爪の先が白くなるほど力をこめて電源ボタンを押した。母は長い長い歳月をこんなふうに送ってきたのだという思いが頭をかすめた。事あるごとにこみ上げてくる感情を必死に押し殺しながら。

テレビ画面にブリーフィング会場が映し出された。白衣を着た人が十五人ほどずらりと座り、そのうち最年長者と思われる人が歩み出て壇上に立った。

「一次感染者による二次感染の確率はきっちり五十パーセントであり、感染に別途影響を及ぼす要素はないということです。ウイルスは、一次感染者の歯から分泌された菌が非感染者の血液と混じって反応し、その後に唇と歯が黒く変化する現象が認められています。こういった現象を目撃した場合は迅速にゾンビ通報999までご連絡ください」

小難しい単語とグラフを使った説明があったが、要約するとこういうことだった。その後はワクチンに関する質疑応答が続き、ワクチン開発と同時に感染者の隔離に尽力するという意思を示すとともにブリーフィングは終了した。母がテレビを消し、リビングに布団を敷きながら言った。

「朝になったら電話してみてね」

布団をかぶってこちらに背を向けている母は、これが本当に母なのかと思うほど小さかった。寝室を父が占領して以来、ジュヨンは母とリビングで寝ていた。母も歯ぎしりをすると知ったのは、父がゾンビになってからのことだ。

3

「そんな、話が違うじゃないですか！」

「上が決めたことなので、こちらとしてもやりようがないんです。変更内容については大変申し訳なく思いますが、すでに決定したことですので」

ジュヨンは一方的に電話を切った。それ以上聞いていれば口汚い言葉が飛び出しそうだった。

「規定どおりの退職金しか出せないって。一次感染者は公開されちゃったし、放っておいても政府が処理してくれるんだからってことよね」

朝早くに父が勤めていた会社から電話があった。会社は一夜にして、規定の退職金しか出せないと態度をひるがえした。

当初は退職金がいくらであろうとかまわないと思っていたけれど、ゾンビ処理会社に見積もりを出してもらったとたん気持ちが変わった。お金が必要だった。思った以上の金額だったからだ。結局、公認の業者ではなく個人業者をあたることにした。ようやく予算に見合う業者を見つけたものの、そこでは道具を提供し葬儀をサポートするだけで、処理は依頼者みずから行うという条件つきだった。

ジュヨンは心もとない気持ちで、入ってくるお金と出ていくお金を計算した。これまでの勤続年数からして、父の退職金だけでも依頼をするにはじゅうぶんだったが、問題はそのあとだった。手元に残るお金は、新しくなにかを始めるには少なすぎた。

寝室から奇声が聞こえた。空腹も限界に達した父は日に日に凶暴になっていく。下の階からすでに何度も苦情がきていた。このままにしてはおけず、ジュヨンは複雑な面持ちでつぶやいた。

「どうしたら……」

答えを求めていたわけではない。焦りからくる嘆きに近かった。黙ってジュヨンを見つめていた母が、つと立ち上がってキッチンへ向かった。そうして食器棚の奥を探っていたかと思うと、ジュヨンのそばに来てなにかを差し出した。通帳だった。

「なにかのときのために貯めてたの。ジュヨンの結婚だとかね。ひとまずはこれを使って、退職金と保険金はとっておきましょ」

ジュヨンは通帳を受け取って開いた。金額など頭に入ってこなかった。その間に母がジュヨンの携帯を取り、通話履歴にあった番号を押した。そして、まるで出前でも注文するような淡々とした声で言った。

「さっきご相談した者です。日にちを決めたくて」

そんな具合に、父とお別れする日は三日後に決まった。

翌日、久しぶりにおめかしして母とふたりで外出した。銀行に寄って契約金を振り込み、確認のメールを受け取ってから、作業後に払う残金を現金で用意した。昼食は久々にパスタを食べた。母は、おいしくはないけどいい気分だ、すっきりした気分だと言った。それから書店に寄って、母が事前に調べておいた資格の本を買った。

「こうしてふたりで外出するなんていつ以来かしら」

「ほんとね」

ジュヨンは肩が触れ合うほど母のほうに体を寄せた。母が歯を見せて笑った。大丈夫、ちゃんと生きていけそうだという根拠のない自信が湧いた。ちゃんと生きる。父が抜けただけでわが家が終わるなんて悔しすぎるから。ちゃんと生きていける。父がいなくても。

帰宅したときにはもう夕食時だった。スーパーの袋を提げているジュヨンの代わりに、母がドアロックのボタンを押した。玄関ドアが開くと同時に、悪臭が鼻をついた。なんだかいつもよりひどい。不思議に思いながら踏み入ったときだった。すぐそこにあるトイレのドアが勢いよく開き、父が奇声を上げながら飛び出してきた。どうやってほどいたのか、腕には太いロープと手錠がぶら下がっている。

ジュヨンは反射的に母を押しのけ、その前に立ちはだかった。母が靴箱に背中をぶつけて倒れると同時に、ジュヨンはぎゅっと目をつぶった。うなじに、父の丸みを帯びた歯を感じた。あの黒ずんだ歯茎と歯にこれほどの力があるとは。あまりの痛みに声も出なかった。代わりに母が口を開いた。

「な、なにするの！」

クチャクチャと肉を噛みしだく父の背後に、飛びかかってくる母が見えた。ジュヨンはまたもや目をつぶった。ボコッ。打撃音が聞こえ、父が離れた。血のにじむうなじを押さえながら目を開けた。目前に異様な光景が広がっていた。母がゴルフクラブを何度となく父に振り下ろしていた。

ジュヨンはその隙にロープをつかんだ。満身創痍の父の上に乗っかり、無我夢中で上半身を縛り上げた。父が脚をばたつかせて抵抗した。ジュヨンはその脚も縛った。うなじがヒリヒリしたが、さいわい肉が噛み切られることはなかった。

なんとか父を縛り上げ、ようやく腰を下ろすことができた。目の前で起きたことが信じられず、しばらく言葉を発することができなかった。今になって、あまりにうかつだったと後悔した。ゾンビと一緒に暮らしている以上、この程度のことは覚悟しておくべきだった。母が放心したような顔で這ってきて、ジュヨンのうなじに手をあてた。ジュヨンはその手を払った。

「もしものことがあるから」

鏡で見ると、うなじにくっきりと父の歯形が残っていた。母が言った。

「きゅ、救急箱を持ってくるから、ちょっと待ってて」

首を動かすたびに痛みが走った。ベランダの収納ボックスを探る母の後ろ姿が霞んで見える。ジュヨンは目を閉じて、直前の状況を思い浮かべた。ゴルフクラブで父を殴る母……わけもなく笑いがこぼれた。縛られたままもぞもぞ動いている父に向かってつぶやいた。

「お父さん、娘までごはんに見えるようになっちゃった？」

そうして、きしむ体でリビングへ移動した。

少し眠っていたようだ。次に目を開いたときには、母が消毒薬を含ませたコットンで傷を治療してくれていた。小さな綿菓子のような感触がうなじを撫でるたび、肩がぴくりと揺れた。母の手つきは繊細でやさしく、今になってようやく、母が結婚前まで看護師だったことを思い出した。

「大丈夫よ」

母はうなずきながらそう言った。自身に呪文を唱えるかのように。泣き出すとばかり思っていた母は泣かなかった。自分のほうが泣いてしまいそうで、ジュヨンは布団をひっかぶった。そして、隣に身を横たえる母に向かって言った。

「隣に寝ないほうがいいよ。いつゾンビになるかわからないし。わたしの部屋で寝て」

「かまわないわ。ゾンビになったら、お母さんを嚙んでね。お願い」

「変なこと言わないで」

「本気よ。お願いね」

母が布団ごとジュヨンをぎゅっと抱きしめた。ジュヨンはしばらく鼻をすすっていたが、やがて目を閉じた。眠れなかった。そうして長いあいだ母に抱かれていた。ほどなく安らかな寝息が聞こえてきて、ジュヨンはまぶたを持ち上げた。母は歯ぎしりをしながら眠っている。閉じた目元や口元に時の流れを感じた。そんな母の顔をやさしく撫でた。

夜通し父のうめき声が聞こえてきた。家族全員が笑顔だった日々もあったはずなのに。もういつのことだか思い出せない。そんなことを考えながら、ジュヨンは浅い夢のなかをさまよった。

小さいころの夢だった。父のあぐらにお尻で座れるくらい小さかったころ。日が変わる前にほろ酔いで帰宅した父は機嫌がよさそうだった。母に渡されたハチミツ水を飲むと、ジュヨンをひょいと抱き上げて「ぶうーん」と言いながら高い高いをしてくれた。するとわたしは、世界中でいちばんの幸せ者だとばかりに笑った。

床に下ろされると、今度はせっせと這っていって父の足首に抱きつき、足の甲にお尻をつけて乗っかった。頼もしい木にしがみつくセミのように。ナマケモノの赤ちゃんのように。すると父は、ふざけながら大股で歩いた。まるで遊具に乗っているみたいだった。自分が笑い、父も笑い、母も笑った。みんなが笑っていたのに。そんな日もあったのに。

ひとしきり寝て目覚めると、唇が紫色になっていた。母がまた言った。

「大丈夫よ、ジュヨン。お母さんがついてるから」

大丈夫じゃなかった。ジュヨンは母の前で子どものように泣いた。

4

契約先から来たと言う女の顔には、顎の先から長い傷が伸びていた。名前はミンだという自己紹介が終わると、ためらう様子もなく食卓に物騒な道具を並べていった。斧、チェーンソー、散弾銃、つるはし。落ち着き払った態度のおかげで、間違いなくベテランだと思えた。ジュヨンはおそるおそる尋ねた。

「なんでまたこういうお仕事を？」

女はジュヨンを一瞥してから、だるそうに答えた。

「なんつーか、こういうのって、流れでしょ。うちのじいちゃんが猟師やってたんだけど、気づいたら自分もこういう仕事してて」

ジュヨンは静かにうなずいた。ミンの視線がジュヨンのうなじに留まった。ジュヨンはかすかに首をすくめた。

「嚙まれたの？」

「はい」

ミンが散弾銃を取りながら言った。

「ガキのころばあちゃんから聞いたんだけど、大蛇の呪いは三代続くらしい。つまり、三次感染まで続くんじゃないかなと」

信憑性のある話だった。ニュースで騒がれている変異した寄生虫、感染、ウイルスといった専門的な話よりも、ミンの口から出た迷信のほうがずっとそれらしかった。ジュヨンはダメ元で訊いてみた。

「なにか手はないんでしょうか?」

ミンが顔を上げてジュヨンを見た。この女の視線こそ、どこかしらヘビを想わせた。ミンはすぐに向き直って散弾銃にオイルを塗布し、なめらかな音を立てながら組み立てた。そして、網ポケットから銃弾を取り出して装塡しながら答えた。

「内輪で言われてる話があるにはあるね。続きは作業を終えてから」

その間、母はなにかの儀式を準備する人のように、このうえなく悲壮な顔で腕組みをしたままじっと父を見つめていた。その視線がなにを語っているのか、ジュヨンにはわからなかった。母は世界でいちばん憐れな存在を見るかのような同情と憐憫《れんびん》のこもった目をしていたかと思うと、次の瞬間には、この世にこれほど醜悪なものはないと言いたげに顔を歪めるのだった。

ジュヨンはこれから起こることを想像した。ゾンビの息の根を止めるには、寄生虫に感染した脳を木っ端みじんにする必要がある。組み立てを終えたミンがジュヨンに銃を差し出した。割安なぶん、捕獲と射殺は自分たちの仕事だった。ひとまず銃を受け取ったものの、口のなかがカラカラに乾いていた。このまま終えていいんだろうか？　こんな別れ方で？　間違っていいやしないか？　どうして結末というものはこんなに難しいのか？

無意識にうなじに手をやっていた。これは父がわたしに残す最後の痕跡になるだろう。そしてこの問題の解決方法を見つけられなければ、自分も父のように頭を砕かれる。母をゾンビにしてしまうかもしれないのだ。家族そろって頭を砕かれるという結末。悲惨で、わかりやすい結末。そのとき、皮肉にも昨夜の夢で見た笑顔が頭をよぎった。

「ちょ、ちょっとごめんなさい」

ジュヨンが銃を下ろしながら叫んだ。ミンが眉をひそめて、訝しげな目をジュヨンに向けた。

「えーっと、うちの値段は知ってるよね」

「わかってます。わかってるけど……ちょっとだけ」

目の前の父はロープで縛られたまま、涎を垂らして身をよじらせていた。ジュヨンはきっと唇を噛んだ。どうしたいのか自分でもわからなかった。父を始末すべきなのに、今やらなければこれよりひどい結末しかないのに、それでもためらわれた。まだ伝えられてないことがたくさんあると思った。今の父にはなにも聞こえないのに。

ミンが、空振りか、と言って銃をすくい上げた。そのときだった。終始後ろに下がっていた母が、ふたりのあいだを縫って前へ出た。母はミンの手からさっと散弾銃を奪って尋ねた。

「引き金を引けばいいんですか？」

ミンは訊かれるままにうなずいた。

スゥッ。誰の口から出た音かはわからなかった。自分なのか、ミンなのか、母なのか。ジュヨンは顔を上げて正面を見た。一歩先に母が、父に銃を向けて狙いを定めている母が見えた。姿勢はきわめてぎこちなく、長くて重い銃を持て余しているようだったが、その銃口だけは正確に父をとらえていた。母が怒りと恨みのこもった声で言った。

「これでも食らいやがれ、最後の最後まで子どもに迷惑かけて」

「お母さん！」

すべてが一瞬にして起こった。パンッという音とともに、腐った血のにおいが飛散した。母はその場にへなへなとくずおれた。大声で泣き出すかと思ったが、そのままぼうっと床を見つめるばかりだった。それだけ。散弾銃は母の手を離れ、床に転がっていた。

ミンは無表情で自前の道具を手に取った。ジュヨンは改めて惨状に目を向けた。砕けた父の頭から黒っぽい血が流れ出ていた。ジュヨンは腕を伸ばして、幽霊でも見たかのように青ざめている母を起こした。母をソファに座らせ、死体の前へ戻った。死体、そう、父はようやく死体になったのだ。ふいに、靴箱の鏡に映る自分の顔を見た。気のせいか、唇がいっそう黒ずんでいるようだ。自分の最期も母に頼もう、そんなおかしな思いがよぎった。心が凪《な》いだ。

ミンは死体の前にしゃがんでいた。手術用手袋をはめた手で父の砕けた頭を観察していたかと思うと、見つけた、という言葉とともになにかをズルズルと引っ張り出した。

ジュヨンは自分の見ているものが現実とは信じられず、眉をひそめた。ヘビだった。父の頭から出てきた、子どものヘビ。ミミズかヘビか区別がつかないほど小さな子どものヘビ。ミンはヘビの首をしかとつかんで、目の細かい網につっこんだ。ジュヨンはその様子を見ながら尋ねた。

「それはどう処分を？」

「巫女んとこに持ってくんだよ。そのへんに捨てるとこっちの命も危ういから」

「あの、作業が終わったらってお話しでしたが」

ミンがさっと顔を上げて、ジュヨンと母を交互に見た。ジュヨンが返答を迫った。

「教えてください」

ミンはヘビの入った網の口をぎゅっと結びながら答えた。

「うちのじいちゃんもヘビ酒を飲んで死んだんだよ。そのとき、あたしも一緒に死にかけてね。ばあちゃんに聞いたのは、葬式の最中にじいちゃんの胸を突き破って、一匹のヘビが出てきたってこと」

「……」

「ばあちゃんがそのヘビを捕まえて巫女のところへ持ってったら、なんて言われたと思う？　ちゃんと祀ってやれって。言われるままに、ごちそうを用意して祭祀を執り行ったら、ヘビはその場で塵になった。そして、あたしも生還した」

ミンが小さなヘビの入った網を振って見せた。呆然と話に聞き入っていた母は、その網をむんずとつかみ取った。

ミンはジュヨンが父の死体を片付けるのを手伝ってくれた。それもサービスの一環だったから、当然の手順だった。母は、自分のやるべきことはやったから火葬場には行かないと言い、ヘビと一緒に家に残った。

父の死体を大きなビニールでくるみ、ミンのトラックでソウル近郊の火葬場に運んで焼いた。火葬場というより焼却場と呼ぶにふさわしい場所だった。黒い煙と熱気が風に運ばれてくる。ゆらめく炎を見ながらつぶやいた。

「バイバイ、お父さん」

それ以上なにも言わなかった。ミンはジュヨンを家まで送ってから帰っていった。

ジュヨンは母の前に、父の遺灰が入った骨壺を差し出した。

すると母が、顔を上げてジュヨンを見返した。その目はいまだかつてない光を帯びていた。

「まだ終わりじゃない」

母がヘビの網を握りしめて言った。

「あなたが生還するまでは」

◇　◇　◇

その日ジュヨンが帰宅すると、食卓は母が買いそろえた祭祀用の材料でいっぱいだった。母は二十年以上ものあいだ法事の支度を担ってきたその腕で、ヘビのための膳を用意した。果物をきれいに積み上げ、料理を並べ終えると、その前にヘビの入った網を運んできた。ときおり跳ねては存在感を示していたそれは、線香を焚いたとたん不思議にもおとなしくなった。ジュヨンと母は膳の前に並んで座った。ふと、なにをやってるんだか、という気がして虚しい笑いがこぼれた。

「こら、早く頭を下げなさい！」

母がジュヨンの背中を叩き、これ以上ないほど真剣な面持ちで頭を下げた。ジュヨンも母にならって頭を下げた。

◇　◇　◇

ジュヨンと母は食事をしてから、並んでソファに座った。そして数日前の祭祀で使った果物を食べながら、テレビに視線を固定した。数人の巫女が合同儀式を行う様子が流れていた。

そこは、甕のなかのヘビが棲んでいたと思われる三つの山のうちの、最後の山だった。のちにわかったことだが、政府があれほど手間暇かけてヘビの皮膚組織と種類を調べていたのは、ワクチンではなくこの儀式のためだった。

政府当局はワクチンの開発に失敗した。父を含む、確認された計十五人の一次感染者は全員死んだ。二次感染者は確認できただけで二十人以上。そのうち約半分はゾンビになるのを免れ、残る半分は死んだ。ジュヨンはいうならばどこにも属さない、感染後に生き残った唯一の人間だった。

防護服を着たお役所の職員たちは、三日後にようやく現れた。公的なものはもとよりなんでも遅く、私的なものは早いのが常だ。すでに父の死亡届を出したあとのことで、ジュヨンが父の骨壺を差し出すと、彼らは困り顔で帰っていった。

さいわい三次感染はなかった。ひょっとすると、三次感染に至るギリギリのところで食い止められたのかもしれなかった。その後、政府は最初の慰霊祭を執り行った。甕のなかのヘビが棲んでいたとされる山は全部で三つあり、その三つともで儀式が行われることになった。

そして、今回が最後の慰霊祭だった。画面に映るヘビの亡骸はゆうに一メートルを超えていそうだった。よくもあんなヘビで酒をつくろうなんて考えたものだ。もともと大きなヘビだったのか、狭苦しい甕のなかでどんどん大きくなっていったのか。

儀式も終わりに近づいたころ、山裾の村でいちばんの大木が激しく揺れた。風もないのにバラバラと葉が散り、どこからともなく現れた巨大なヘビが祭場を横切っていった。儀式の最中だった巫女たちは大蛇に向かって恭《うやうや》しく礼をした。大蛇は死んだヘビの周りをぐるりと巡ると、あっという間に姿を消した。儀式も終わった。一連の光景はひと昔前のホラー番組のようだったが、それはまぎれもなく政府主催の儀式だった。

家のなかにかすかなお香のかおりを感じた。儀式が終わると、大きなヘビの亡骸は木の根元に埋められた。ジュヨンも一昨日、家で祭祀を終えるとその足で裏山に向かい、塵と化したヘビの亡骸を埋めてやった。母がテレビを観ながら独り言のようにつぶやいた。

「国の恥じゃないの。真面目な顔であんなことやって」

「お母さんだって」

「それとこれとは違うわよ」

そう言って、母はすぐさま話題を変えた。

「来週はお父さんとこに行こうか」

ジュヨンはうなずきながら、父が残した歯形に手をやった。歯形はずいぶんのちまで残っていたけれど、だんだん薄くなっていったのもたしかだ。そして、いつかは消えるはずだった。

オーバーラップナイフ、ナイフ

오버랩 나이프, 나이프

1

これはありきたりな、どこにでもある話だ。

映画で、本で、ドラマで、ニュースで、声に重みのある芸能人が司会を務める社会告発プログラムで、犯罪ドキュメンタリーで、日常の至るところで、生きていれば誰しも一度くらいは見かけたことがあるだろう、陳腐だけれど刺激的で、心痛いけれどできれば見なかったことにしたい、そんな話。

父が母を殺した。わたしの手からビニール袋が落ちた。父は夢のなかにいるような表情をしていた。右手に赤い血の滴る果物ナイフを、左手に緑色の酒瓶を持って。その見飽きた色の酒瓶は、彼の手に握られていて然りだった。わたしが記憶する限り、彼は片時もそれを手放さなかった。子どものころは、その緑色の瓶を父の手の一部だと思っていたくらいだ。だから、それはしごく当然の光景だった。でも、果物ナイフは、血の付いた果物ナイフはそこにあるべきじゃなかった。父のどろりとした目がゆっくりとこちらを向いた。

「遅かったな。こっちに来てリンゴを剝け。はぁあ、リンゴもろくに剝けやしねえんだから」

父が果物ナイフを差し出した。床に、剝きかけの不格好なリンゴが転がっていた。わたしは差し出されたナイフを受け取った。それでリンゴ以外の、別のものを処理できそうだった。

振り向いて、横たわっている母を見た。母の体は不自然にねじれていた。首は半ばちぎれ、周囲に赤黒い血だまりができている。これまでにも、彼女の体がねじれていたことが何度かあった。何度か？　いや、数えきれないほど。この目で確認していない場合も合わせればそうなるだろう。彼女の体をねじれさせたのは、十中八九、父だった。残りの一か二は、彼女みずから。

本音を言えば、いつこうなるともしれないとわかっていた。父はいつ母を殺すともしれず、わたしもいつ父を殺すともしれなかった。いつだって、最後の最後で踏みきれなかっただけだ。ところが父が、果物ナイフで、母を殺した果物ナイフで最後の理性を断ち切ってしまった。

だからわたしも父の首を切った。でも、こんなの公平じゃない。これまでの暴力を考えれば、公平だとはとうてい言えなかった。とはいえ、人生とはもとより不公平なものだ。わたしは母と同様に首を搔き切られ、彼女のそばにどさりと倒れる父を見つめた。今日になって、すべてがいちどきに起こった。今や、わたしの握る果物ナイフには父の血と母の血が混じり合っている。家族だから。そう、家族だから、そこにわたしの血が加われば、わたしたちは果物ナイフのなかで再び一緒になるだろう。でも、そんなのはごめんだ。死んでまで血が混じるなんてまっぴらだった。だから新しいナイフを取り出した。果物ナイフよりも大きな、出刃包丁。果物ナイフよりもうまく、一度で切り裂けるはずだ。ふと、母を父と同じ果物ナイフに閉じこめてしまったことが申し訳なく思われた。母は死んでからも、自分を刺した凶器のなかで父とともにいる。別のナイフを使うべきだったのに。そんな後悔が押し寄せた。お母さん、ごめんなさい。

床に落ちたビニール袋を拾い上げた。中身は、母が食べたがっていたお鮨だ。彼女の好物だったサーモンとエビのお鮨を、体のねじれた彼女の前に置く。さいわい、その目は閉じている。もしも開いていたなら、わたしはその目と向き合えなかっただろう。彼女があまり好まなかったタコのお鮨を自分の口に入れた。どうしてこれを嫌っていたのか理解できないほどおいしかった。お鮨を嚙みながら思った。

もう少し早く帰っていたら、違っていただろうか？

お鮨を買いに行っていなかったら？

前日にリンゴをすべて食べてしまっていたら、なにか違っていた？

家中のナイフを捨てていたら？

母は死なず、わたしが父を殺すこともなかった？

じっくり考えた結果、状況は変わらなかったはずだと結論づけた。父はリンゴでなくても、いつかなにかしらの理由をつけて母を刺していただろう。わたしもまた、今日でなくても、いつか父を殺していただろう。動機やタイミングの問題ではなかった。これは起こるべくして起こったことなのだ。ただ、それが今日だっただけ。歯ごたえのあるタコのお鮨を嚙み砕いて飲みこむと、あらゆる未練が消えた。そしてわたしは、晴れやかな気持ちで自分の首に包丁を突き刺した。

薄れていく意識のなかで、どうしようもない思いがむくりと頭をもたげた。

それでも、なにかが少しでも違っていたら誰かは、あわよくば母は死なずにすんだのでは？

2

これはどこにでもある話だ。

上京して大学の近くでひとり暮らしをする女子大生が犯罪のターゲットになるのは、どこにでもあるというより、もはや常識なのかもしれない。どんな犯罪者であれ、実家から通学するたくましい青年を狙うことはない。

わたしはもう何カ月もストーキングされていた。

ストーカーがわたしの命を脅かすことはない。でも、相手はつねにわたしを見張り、わたしはその視線を感じていた。学校からの帰り道、アルバイトに向かうとき、友だちと遊びに行くときなど、あらゆる瞬間に。

帰りが遅くなったとき、わたしの歩みに合わせる足音が聞こえた。わたしが速足になると、ひと呼吸遅れてその足音も速くなり、わたしが速度をゆるめると、ひと呼吸遅れて同じように速度を落とした。そうして怖くなったわたしが駆け出すと、足音は不思議にもぴたりとやんだ。遠くなっていく背後から、ストーカーの声が聞こえた。それは泣き声のようでもあり、笑い声のようでもあった。ケタケタと笑っているようでも、グスグスとむせび泣いているようでもあった。あるいは、その両方なのかも。きっとあれは、精神科病院を抜け出した異常者に違いない。

ストーカーはときどき、わたしの部屋にも入りこんだ。最初は気づけなかったけれど、徐々に見抜けるようになった。外出から戻ると、部屋の様子がどこか変わっていた。寝具のしわの入り方だとか、洗い物をした覚えもないのに洗い物が終わっているとか、手帳をしまっていたのは二段目の引き出しなのに、三段目の引き出しに入っているとか。

そんなささいな変化だった。でも、物がなくなることは決してない。ストーカーがなにより欲しがるという下着でさえも。

実家の両親には言えなかった。勉強などやめて帰ってこいと言うに決まっていたから。わたしの話を聞いた知人たちは、至って自然な態度で、思い違いだろうと言った。それから、あなたは神経質なところがあるからと言い切った。相手はきっと偶然後ろを歩いていただけで、あなたが突然駆け出したことでさぞかし驚いただろうと。

警察署にも行ってみた。でも、直接の被害がない状態ではなにもできないと言われた。人々から、神経過敏のヒステリー女に見られている気がした。

ちなみに、それも間違いではない。当時のわたしはたしかに、神経過敏でヒステリーになっていた。でも、それもこれもすべてはあのストーカーのせい。

そもそも、わたしは人の言葉を真に受けやすいタイプだった。生きていくうえで好都合な性格ではないだろう。周りから自分のせいだと言われれば、「やっぱりわたしが神経質すぎるのかな」と思ってしまう。内心では、他人事だからと軽く受け止める人たちの髪を引きむしってやりたい気持ちだったが、そうする勇気はなかった。言いたいことも言えないまま、ストレスだけが積もり積もっていった。夜道を歩くときはいつだって、正体の知れない足音と視線に怯えていた。そんなことがあった翌日も、わたしの話を信じてくれる人はいなかった。彼らの無関心もまた、もうひとつの恐怖だった。

この状況を打破するために努力しなかったわけではない。途中であきらめただけだ。ストーカーから逃れようと引っ越しをくり返したが、無駄だった。ストーカーは必ずわたしの居場所をつきとめた。そして、あの静かなストーキングが続いた。なかには、悪さをするわけでもないのだから気にする必要もないじゃないかと言う人もいた。

頭がおかしくなりそうだった。ストーカーは「まだ」悪さをしていないだけで、その気になればいつだって実行できるのだ。わたしは、始終感じる視線、それとない脅威、そして、今やわたしを精神病患者とみなしてくる他人との狭間で、なにが真実なのかわからなくなった。正しいのは自分で間違っているのは彼ら、いや、正しいのは彼らで間違っているのは自分？　ストーカーは実在する、いや、すべてはわたしの被害妄想？　なにがなんだかさっぱりだった。疲れていた。両親にすべてを打ち明け、田舎へ帰ることも考えた。そうしないで耐えられたのは、「彼」に出会ったからだ。

もしも彼に出会うことなく田舎へ帰っていたなら、すべては違っていただろうか？

3

出刃包丁がわたしの喉を貫いた。血が噴き出し、意識が霞む。目の前に、話に聞いていただけの走馬灯らしきものが見えた。今見ているのは忘れていた過去だろうか、それとも来世はこうあってほしいという姿だろうか。どちらにせよ、わたしはそこで幸せな子ども時代を送っていた。家はそれなりに裕福で、父の手に酒瓶はない。母はよちよち歩きをするわたしに、愛おしそうに拍手を送っている。つかの間の幸福な時代が瞬く間に過ぎ去り、そこからは忘れもしない地獄が続いた。

発端は、父の会社がつぶれたことだった。父は酒を飲みはじめ、ほどなくアルコールに依存するようになった。母は仕事を再開した。幼いわたしは言うことを聞かなかった。家にお金があることよりないことのほうが多かった。そのころから父は、酒代がないと母を殴るようになった。いつからかわたしも一緒に殴られた。すると母は父に歯向かった。そのまま家から追い出されることもあった。

追い出された母は、わたしの手を取って近所を散歩した。わたしの口に飴玉をひとつ含ませて、肌寒い路地を歩きながらいろんな話をしてくれた。たいていは、幸せだったころの話。父とどこで出会い、どんな交際をし、どうやってわたしが生まれたかについて。そんなときの母は、過去に浸って永遠に戻らないのではないかと思われた。わたしは怖くなって、あえて母を現実に引き戻す質問をした。

「でも、今のお父さんは違うよね？」

するとと母は、「少しの辛抱よ」と答えるのだった。決して少しの辛抱では終わらないことは、彼女自身がよく知っていたはずだ。

母が「少しの辛抱よ」と言うことはしだいに減っていった。めったに家にいなかった父は、わたしが学校にいる時間を狙って帰っては、母をいびった。高校生になったわたしの背丈は、父とほとんど変わらなかったからだ。父の行動はどんどん浅ましいものになっていった。

母の「少しの辛抱よ」は、とうとう「これも運命ね」に変わった。母の顔から表情が失われ、言葉数も少なくなった。最たる変化は、わたしを無視するようになったことだ。いつからか母は、わたしに話しかけることも、わたしと向き合うこともなくなった。父への憎しみがわたしに飛び火したのかもしれない。父が、母から表情を奪い、わたしから目を背けさせた。父への憎しみは深まる一方だった。

ふと、母はこうなることを知っていたのではないか、そんなことを思った。わたしたちはこうなる運命だったのだ。父が母を殺し、わたしが父を殺し、わたしがわたしを殺す運命。ある種の解放感さえ覚えた。このうんざりする人生がようやく終わるのだと。

でも、ひとつだけ心残りがあるとすれば、それはお鮨だった。母は今日、あれほど避けていたわたしに、お鮨が食べたいと言った。わたしはバネのように跳ね起きて家を出ると、迷った末に握り鮨の盛り合わせを買った。持ち帰ったそのお鮨を食べさせてあげられなかったこと、それだけが心残りだった。

笑顔でお鮨を食べる母を見られなかったこと。それだけ。

途絶えた意識のなかで、誰かの声が聞こえた。

「時間を戻してほしいか?」

4

彼と出会ったのは、ふだんと変わらないある日だった。わたしはいつもと同じ足音に怯えながら路地を歩いていた。今より少しでも速度が落ちればストーカーにつかまるだろうか、駆けだしたら今度も足音が止まるだろうか、それとも、今日こそ後ろから襲われて口をふさがれるだろうか。それはどれも、道を歩きながら日常的に頭に浮かぶことだった。そうしてついに、いち、に、さん、で走ることに決めた瞬間、向かいから歩いてきていた男に声をかけられた。知らない人だった。

「あれ、セヨンじゃないか。久しぶりだなあ！　こんな時間まで外にいたのか？　うちまで送ってくよ。思い出話でもしながらさ」

男はわたしに答える隙も与えないまま、マシンガンのようにまくし立ててからすっと隣に立った。それから、ぜんぜん伸びてないんじゃないか、とわたしの頭上に手をかざして、こっそりささやいた。

「すごく怯えた顔をしてたから、後ろを見たら、変な男がついてきてました。知り合いのふりをしてください」

わたしはとっさに、「ほんと、久しぶりだね。チャンホ」と言った。そこから一緒に歩いた。わたしたちは明るい雰囲気を演出しながら、ありもしない子ども時代の思い出を語り合った。そうしてしばらくすると、ある瞬間を境にぱたりと足音がやんだ。わたしがチャンホと呼んでいた男はちらっと背後をうかがい、ほっとため息をついた。

「いなくなったみたいです」

「なんとお礼を言っていいか……本当に怖かったんです。今度、お茶でもごちそうさせてください」

「お礼なんて無用ですが、では遠慮なく」

彼がはにかんだ。


わたしはセヨンではなく、彼はチャンホではなかったけれど、わたしたちは翌日、学校近くの喫茶店で待ち合わせた。本当のことを言うと、彼のとった行動はストーカーにとってなんの意味もなかったかもしれない。彼がわたしに「セヨン」と呼びかけた瞬間、ストーカーはわたしたちが知り合いでもなんでもないことに気づいただろう。家までついてくるぐらいなのだから、わたしの名前くらいとっくに知っているはずだ。でも、なにはともあれ、彼はストーカーに追われるわたしを助けてくれた初めての人、唯一の人だった。誰ひとり信じてくれなかったのに、彼だけがストーカーから救おうとしてくれた。それだけで好感をもつにはじゅうぶんだった。

わたしたちは待ち合わせした喫茶店で落ち合った。わたしの指には、ふだんは見向きもしないマニキュアまで塗られていた。はしばしにまで気を配れる人に思われたかった。先に着いてわたしを待っていた彼は、深緑色のニットがよく似合っていた。どんな服が自分に合うのかよくわかっているようだった。

目を合わせてぎこちない笑顔を交わしてから、話しはじめた。彼の名前はチャンホではなくチャンソク。彼は、半分は当たっていたじゃないかと笑い、わたしの胸はその笑顔にときめいた。わたしも、自分の名前はセヨンではなくヨンヒだと訂正した。彼は、自分も半分は当たっていたとはしゃいだ。胸のときめきが大きくなった。

そろそろお別れかというとき、わたしはストーカーの話を切り出した。変な人と思われたり、不気味がって逃げ帰ってしまったりしないかとも思ったけれど、いつもの自分より冒険をした。それまでの短い人生でいちばん緊張したし、勇敢だった瞬間だと言い切れる。わたしは前日のチャンソクのように、マシンガンのようにまくしたてた。
昨日だけじゃない。わたしはつねに恐怖に震えながら歩いているのに、周りの人は信じてくれない。それで、おかしいのは自分かもしれないと思いはじめていたのだと。でも、昨日あなたに助けられてストーカーが実在することがわかったから、もう自分を疑わずにすむと。あなたは証人であり救世主だと。ああ、そんなに重く受け止めないでほしい、これはただの喩えだと。つまりわたしは、あなたが好きだと。

チャンソクは突然のストーカー話とわたしの告白に面食らっているようだったけれど、その場で拒絶することもなかった。代わりに、ひとつ提案をした。わたしのアルバイトが終わる時間と自分のアルバイトが終わる時間はそう変わらないし、お互いの家は近いのだから（そうそう、チャンソクはわたしが通う大学の隣の大学に通っていて、その寮で暮らしていた）、ストーカーがついてくるあの暗い路地を自分と一緒に歩こうと。歩きながらいろんなことを話してもっとお互いを知ろう、それからもう一度考えようと言って、わたしの鼓動をいっそう高鳴らせた。その提案はわたしが歩いていた路地を、恐怖の舞台からときめきの舞台に変えた。まるで魔法のように。わたしが断るはずもなかった。

　あのときに戻れるとしても、きっと同じ選択をするだろう。チャンソクに出会った瞬間、彼にセヨンと呼ばれた瞬間からそれ以外の選択はありえなくなった。だから、過去の自分が呪わしい。田舎に帰るかどうか決めかねていた自分が呪わしい。田舎に帰ろう、そう決心できなかった自分が。

　もしも帰郷していたら、怯える姿を彼に見つかっていなかったら、彼がわたしを助けていなかったら、あの喫茶店で待ち合わせていなかったら、わたしが彼に告白していなかったら、彼がいかなる提案もしていなかったら、毎晩のように薄暗い路地を一緒に歩いていなかったら、彼は……

　ストーカーに刺されていなかっただろうに。

5

「ジャンケンと同様、わたしが与えるチャンスも三回だ。おまえを過去に戻してやろう。

だが結果は約束できない。すべてが変わるかもしれないし、なにも変わらないかもしれない。選ぶがいい。時間を巻き戻してほしいか？」

わたしは包丁の刺さった首でうなずいた。

次の瞬間、わたしの首からナイフが消えた。視界に映ったのは血まみれの家ではなく、騒がしい講義室だ。携帯電話の日付は、母が父に殺される前日になっていた。これは夢？　そんなはずがない。母の血は本物だった。本当に過去へ戻ったのだ。聴講生たちは講義のあと、夕飯になにを食べようかと悩んでいた。わたしは彼らが選ぶものを知っていた。プデチゲ。

「寒いからプデチゲにしようぜ。セホ、どうだ？」

「今日はよしとく。うまいもん食べてこいよ」

講義が終わるやいなや、かばんを手に大学を出た。そのまま家からいちばん近い繁華街の鮨屋に向かった。そこで、母の好物のエビとサーモンのお鮨を包んでもらった。帰り道は気が気でなかった。母に会いたかった。母がお鮨を見てどんな顔をするか見たかった。期待するほど多くは変わらないだろうと知っている。それでも、たったひとつでも変えられれば。

母はいつもと同じ、表情のない顔でテレビを観ていた。生きている姿が信じられず、脚から力が抜けた。ふだんより早い時間に帰宅して玄関にしゃがみこんでいるわたしを、母はこれまた無表情でじっと見つめた。無言のまま。どうでもよかった。わたしはよろけそうになる脚をなんとか動かした。

「これ、お鮨。ほら、子どものころにさ……母さんが好きな、サーモンとエビだけのセットを買ってあげるって約束したよね。憶えてない？」

「……ああ」

母はお持ち帰り用の容器を受け取って、ぼんやりと見つめた。やせた肩がわずかに震えているようだった。深くうつむいていて、表情は読み取れない。見たいけれど、見るのが怖かった。でもたしかなのは、わたしがあれほど見たかった笑顔ではなさそうだということだ。なぜなら、さあ食べて、と手を伸ばした瞬間、母がお鮨を床に投げ捨てたから。そして、髪を掻きむしりながらむせび泣きはじめた。狭いリビングが泣き声で満ちた。わたしはこぼれ落ちたお鮨を容器に戻してゴミ箱の上にのせ、床をきれいにしてから自分の部屋に入った。

母の泣き声は大きくなったかと思うとしだいに小さくなり、すすり泣きに変わったかと思うとついに静まった。わたしはドアにもたれて座り、母の泣き声を聞いていた。それはやがて、ある歌のように聞こえてきた。父に追い出されて夜の路地を徘徊していたあのとき、母が空を見上げて歌っていた「きらきら星」。

やっぱりだ。時間を巻き戻しても、期待したほど多くは変わらない。

まぶたを開くと、いつの間にか夜も更けていた。おかしな姿勢で寝てしまったせいか、首や脚が痛んだ。渇きを覚え、水を飲みに台所へ出た。母は寝室で寝ているらしい。そしてわたしは、台所で意外な光景を目にした。わたしがゴミ箱の上にのせたはずのお鮨の容器がそこにあった。容器はきれいに整えられて食卓に置かれている。なかのお鮨は半分ほどになっていた。

最初は父が戻ったのだと思った。腹を空かせて台所を漁り、まだ食べられそうなお鮨を発見したのだと。わたしは狭い家のなかを隅々まで調べた。父はいなかった。もしも戻って来て、この間にまた出ていったのだとしたら、気づかないはずがない。彼が静かに出ていくことは決してないから。寝室のドアの隙間から、横向きで眠っている母の丸まった背中が見える。そしてその脇に、わたしが買ってきたふた箱のお鮨のうちのひと箱が、きれいに平らげられているのが見えた。胸に小さな明かりが灯った。

本当に久しぶりに、心安らかに眠りにつけた。起きて目を開けたとき、またもや血に濡れた果物ナイフがわたしを迎えたとしても、喜んで自分の首を突き刺せそうだった。

目覚めたわたしを迎えたのは、さいわいにも薄汚れた白室の天井だった。母はリビングの掃除をしていた。わたしの知る今日、母はこの時間にベランダで洗濯をしていた。ごくわずかな違い。胸の奥からじわじわと希望が芽生えた。今日はどこにも出かけないつもりだ。母になにを食べたいと言われようと、買いに出かけはしない。父を家に入らせない。家中のナイフをすべて捨てるつもりだ。ひょっとして、母は今日、死なずにすむかもしれない。いや、死なせたりしない。

「今日」は驚くほどなにも起きないまま過ぎていった。わたしの存在を嗅ぎ取ったのか、父が現れる気配もなかった。これほど静かに過ぎ去った「今日」を前に、ある種の虚しささまで覚えた。こんなに簡単なことだったのか。そして、「今日」のように静かでなにも起きない一週間が過ぎてから、わたしは自分のお気楽さを悔やんだ。

休学届を提出しに学校に出かけたわずかな合間に、ひとりで買い物に出た母は市場の真ん中で父に刺された。目撃者によると、父は果物ナイフで母を脅し、金を出せと怒鳴ったという。母の手中にあったのは、わずか一万五千ウォン。でも、母はそれさえも奪われたくないと抗った。魚で顔をはたかれた父は理性を失った。自分はそれ以上のものでわたしたちを殴ったくせに、たったそれだけのことでナイフを振りかざした。やみくもに振り回したナイフは、ぴたりと母の首を切り裂いた。市場の地面に赤黒い血が広がった。

父という人間はどこまでもあくどく、今回の被害者は母だけに留まらなかった。母を助けようとした人をもう何人か刺し、おい、おれをナメるなよといきり立った。自分も昔は社長と呼ばれていたのだと。クソみたいな世の中だから人殺しのアマが自分を無視するのだと、偉そうにこの顔をはたきやがったと。ちくしょう、くたばりやがれと。その「ちくしょう」の結果、魚売りのおじいさんが死んだ。血を流している母に応急手当てをしようとして父に背中を刺されたのだ。そのとき父が手にしていたのは、わたしがあの日、団地内のゴミ捨て場に捨てた果物ナイフだった。失くしたものは主のもとに戻るというわけだ。父は遅ればせながら駆けつけた警察に連行された。その間もずっと、なにもかも社会のせいだ、自分をこんなふうにした世の中こそ犯罪者だろう、あの女もそれに加担したのだから同じ犯罪者じゃないか、警察はちゃんと聞いているのか、犯罪者を殺してなにが悪いのかと、愚にもつかないことを怒鳴り散らした。

その知らせを、わたしは学校で聞いた。授業中、突然職員に呼び出された。講義室がざわめき立った。どした、なんかあったの？　わたしはそのやさしくも無邪気な心配に、やさしくも無邪気な口調で答えた。ううん、たいしたことじゃないんだけど、先に帰るね。すみません、先生。知らせを届けにきた職員だけが、唖然とした顔でわたしを見つめていた。

わたしは職員にも軽く挨拶してから、講義室をあとにした。そして歩いた。心は不思議にも穏やかだった。起こるべくして起こったのだと頭が理解していたようだ。これから自分がすべきこともわかっていた。ひとまず、駆け出すことなく家までたどり着いた。そして、慎重に出刃包丁を忍ばせた。その足で警察署に向かい、あの人の息子です、いったいなにがあったんでしょうか……と冷静に言ってから、がくりとうなだれている父の首を刺した。

父の血がわたしの顔に撥ねた。まれにみる事件で騒然とするなか、わたしを止められなかった警察官たちはいっそう騒然としはじめた。これ以上騒然としたくないと考えた彼らは、わたしの自害を防ぎ、手首に手錠をかけた。その後のことはよく憶えていない。記者は芸能人を追うようにわたしにつきまとった。親不孝な殺人犯という呼び名がついた。なんと言われようとかまわなかった。話すのが面倒で口を開かなかった。わたしとわたしの家族をよく知りもしない人たちにどう分析されどんな判決を下されようと、反抗を示すことはなかった。ただ、隙さえあれば自殺を試みた。その結果、わたしは夢うつつのなかでいくつかの過程をへて、ある刑務所に収監された。そして一日目の夜、抜かりなく首を吊った。母の「きらきら星」が聞こえてくるようだった。いや、「きらきら星」のようなむせび泣きだったかもしれない。解放感が体を、そして首を包み、視界が完全に真っ暗になると、聞き覚えのある声が耳に届いた。

「残るは二回。いつに戻りたい?」

6

チャンソクの提案以降、わたしたちはほぼ毎晩、一緒に路地を歩いた。チャンソクが遅くなる日はわたしが待ち、わたしが遅くなる日は彼が待った。いつからか、手をつなぐようになった。夜の路地を歩きながらたくさん話した。ストーカーの足音は聞こえることも聞こえないこともあったけれど、わたしの関心はもっぱらチャンソクの低い声だけに向けられていた。静かな路地に響くのは彼の声のみ、ほかの音を聞く耳をわたしは持ち合わせていなかった。幸福感に酔いしれていた。

両親ともに地方公務員であるわたしとは異なり、チャンソクは事業を展開する両親のもとで裕福に育ったひとり息子だった。去年で兵役を終え、大学を出たら父親の事業を継ぐつもりだと言った。フランス語学科に通っているわたしの場合、うまくいっても卒業後にありつける仕事は塾講師ぐらいだろう。分相応が大事だという母の言葉を思い出すこともあったが、今のわたしにはどうでもよかった。わたしたちは夜空を見ながら歩き、星を見つけるたびに「きらきら星」をワンフレーズずつ歌った。歌が話になり、話が歌になったりしながら、最後には「おやすみ」という挨拶になってわたしの家の前で途切れた。毎日がきらきらと光る夜だった。

その日もまた、ふだんと変わらない夜だった。


わたしたちは、おやすみ、という言葉を十回以上交わして別れた。チャンソクは来た道を引き返していき、わたしは自分の部屋に入った。静まり返った部屋で着替えていると、上着のポケットからなにかが落ちた。チャンソクのハンカチだった。アルバイトを終えて屋台に立ち寄ったとき、つけだれが手についたのをチャンソクが拭いてくれたのだ。丸い跡はすっかり乾いていた。

本当は、ハンカチくらいすぐに返さなくてもよかった。もう一度服を着て路地へ出たのは、それを言い訳にしてでも、もう一度チャンソクに会いたかったからだ。チャンソクの足取りはゆったりしている。わたしの足は速いほうだから、すぐに追いつくはずだった。

のらりくらりと歩く彼をつかまえ、ハンカチを返し、もう一度手を握り、せっかくだからキスをしてもいい。胸がときめいた。ほどなく路地の角を曲がったとき、わたしの目に映ったのはたくましい後ろ姿ではなく、首に果物ナイフを突き刺され血を流しているチャンソクだった。

チャンソクは首に刺さった果物ナイフをつかんだまま地面に倒れていた。丸く目を見開いたまま。黒い瞳に赤い血が映りこむ。チャンソクの代わりに果物ナイフを抜いたのは、倒れている彼を見下ろしていた黒い服の男だった。男がチャンソクの首をつかんで果物ナイフを引き抜いた。と同時にがくりと垂れた頭は、壊れたマネキンのようだった。そしてようやく、男はそのすべてを見守っていたわたしに気づいた。人は驚きが過ぎるとなにもできないのだと初めて知った。悲鳴を上げることも、逃げ出すことも、警察を呼ぶことも、なにひとつ。ただただ目を丸くしてその光景を見つめることしかできないのだと。

黒い服の男は、泣き声のような笑い声を上げた。チャンソクを刺した果物ナイフでわたしも刺されるかと思いきや、彼はわたしをじっと見つめて言った。

「よかった。これで最後だよ」

くるりと背を向けて路地を駆け抜けていく男の足音を聞きながら、わたしは意識を失った。なにが最後だというのか、なにがよかったのか、男の言葉を理解することはできなかったけれど、その足音に聞き覚えがあった。夜ごとわたしを追ってきた路地の足音。わたしのストーカー。彼がとうとうチャンソクを殺してしまった。

そうしてすべてが闇に沈んだとき、初めて聞く声がわたしに話しかけてきた。

「チャンスは三回だ。時間を巻き戻してほしいか？」

わたしは「うん」と答えたのだろう。おそらくそう答えたのだ。すると、闇に包まれていた視界がぱっと明るくなった。わたしは今、自分の家の前でチャンソクと手を握り合っていた。その手のぬくもりが信じられなかった。

「ヨンヒ、ヨンヒ？　どうした？」

目の前のチャンソクを抱きしめた。さっきのは夢？　あれは現実じゃなかった？　いや、そんなはずがない。首を刺されたチャンソク、あれはたしかに現実だった。今感じているぬくもりを手放したくなかった。チャンソクを抱きしめて、肩越しに闇に包まれた路地を見た。わたしたちが歩いてきた道。あの闇のどこかで、黒い服の男がこちらを見ている。そしてわたしは、絶対にチャンソクを送り出してはいけない。

「うちに泊まっていかない？」

チャンソクは断らなかった。

7

わたしはふだんどおり、落ち着いた声で「行ってきます」と告げて家を出た。母もいつもどおり、なんとも答えなかった。それをどうとも思ったことはなかったのに、今はなぜか胸の片隅がうずいた。

家を出たわたしは、父がいそうな場所を捜し回った。近所の飲み屋、公園、コンビニ、ホステスのいる喫茶店、そうするうちに気づいた。わたしが出かけているあいだに父が向かう場所はひとつ、母がひとりでいる家だと。

父は目ざとく母ひとりのときを狙って、家をめちゃくちゃに荒らすのだ。わたしは走って家へ戻った。古いエレベーターが高層階から動かず、階段を駆け上がった。玄関のドアが開いていた。不吉な予感がした。そして、不吉な予感というものはたいてい当たる。家のなかから悲鳴が聞こえた。忍ばせていた包丁を取り出す。母を助ける方法はこれしかない。

父が母を殺す前に、わたしが父を殺す。

なかに入ると、母の頭をわしづかみにしている父が見えた。母の額から流れ落ちた血が床を濡らしている。赤い血が青白い床を染めるのを見るや、体がねじれ首の折れた母の姿が思い浮かんだ。絶対にあんな姿にさせてはいけない。狂気がわたしを包んだ。その瞬間からわたしは、すでに父のような怪物になっていたのかもしれない。でも、どうでもよかった。彼の息子なのだから、同じなにかになるのはいたって当然のことではないか。

わたしの頭にあったのは、ただひとつ。母を守るためには父を殺さなければならないということ。二度の自殺と母の死により、わたしの精神はひどく疲弊していた。今は選択と集中のときだった。体当たりし、倒れた父の上に馬乗りになった。そうして一寸のためらいもなく、動揺でぎらつくその目を見つめながら、父の首を刺した。ついに父の熱い鮮血が、不快さをもってわたしの顔に撥ね返った。

終わりだ。これで母は死なずにすんだ。わたしは振り返って母を見た。母のうつろな瞳が、父を殺したわたしに、そして、首を切り裂かれた父に向けられていた。

母の目はいつからあんなに空虚だったのだろう。あれでは死者の目にも等しい。死の間際まであがいていた父の、大きく見開かれた目のほうがまだ生気を感じるというものだ。母の目を見ていられず、わたしは顔を背けた。壁にかかっていた鏡が落ちて割れ、そこに自分の顔が映った。母の空虚な目がそこにあった。空虚な怪物。それがわたしだった。

こんなはずでは。

違う。

変えたかったのは、こういうことじゃない。

わたしはそのときになってようやく、母の目と自分の目を見てようやく、誰を引き留め、誰が先に殺されようが、なんの意味もないことを悟った。問題の発端はもっと根本的なところにある。もっとずっと前に。母が表情を失くす前、父が酒を飲みはじめる前、父の会社がつぶれる前、そして、わたしたちが幸せだったときよりずっと、ずっと前。わたしが生まれる前。両親が出会う前に。

「残り一回だ」

あの声が頭のなかに響いた。わたしは今度こそ、自分のすべきことを理解した。確信した。そして声に訊いた。

「わたしが生まれる前に戻ることは?」

「できるとも」

声が、待ち望んだ答えだというように愉快げに笑った。

8

わたしとチャンソクはその晩、つましい部屋の小さな窓から小さな星を見た。「きらきら光る お空の星よ……」わたしたちはワンフレーズずつ交互に歌い、いつもの「おやすみ」という挨拶の代わりに別の言葉をささやき合った。

チャンソクが隣ですやすやと眠る深夜、わたしの頭は考え事でいっぱいだった。今夜は無事にしのいだ。チャンソクはこの夜から、黒い服の男から生き残った。でも、この次は？　今後も彼が無事だという保障はあるのか。答えはない。わからないことだらけだった。今となっては、あの夜が実際にあったことなのか確信がもてなかった。「すべてはおまえの思いこみだ」そんな声が聞こえる気がした。やはりあれは夢だったのだろうか。でも、脳裏に焼きついている残像はあまりに生々しい。わたしの固い頭があんなに精巧なシーンを創り出せるとはとうてい思えない。意識を失ったとき聞こえてきた声はなんだったのか。時間を巻き戻してやると言った、あの声。

日が昇ると、チャンソクは寮にテキストを取りに行くと言って早々に出ていった。彼が路地を歩くこと自体が恐怖だったけれど、延々と引き留めておくこともできない。今日一日だけ授業を休んでくれないかと頼みこんでもみたが、返ってきたのは、今日に限ってどうしたのかという言葉だった。最終的に、彼は少しだけ待っていてくれと言い置いて部屋を出ていった。

わたしは一日中、ほかになにも考えられないほど不安だった。でも、さいわいなことに、その日は味気ないほどなにも起こらなかった。明くる日も、そのまた明くる日も。平和な日が続くうちに、あれだけ気忙しかった心も平穏を取り戻していった。いつからか、執拗に追いかけてくるストーカーの視線も感じなくなった。

家の物がかすかに位置を変えたり、なくなったりすることもなく、チャンソクの遠い親戚が亡くなってひとりで路地を歩かざるをえなかった日も、あとをつけてくる足音は聞こえなかった。あの夜を境に、ストーカーはまるではなから存在しなかったかのように、ぱたりと影を潜めた。

毎日が幸せだった。チャンソクとの甘い日々と、ストーカーからの解放。身に余る幸せに浮かれきっていた。浸りきっていた。悲劇をかわしたのだと思うと、満足感さえ覚えた。映画をハッピーエンドに導いた主人公になった気分。周りの人たちから、「あら、なんだかきれいになったみたい。神経質になってたけど、よくなったみたいね。恋でもしてるの?」などと、皮肉とも褒め言葉ともつかないことを言われ、わたしはとびきりの笑顔でそうだと答えた。

そんな日々だった。この幸せがいつまでも続くものと信じていた。そしてたいていの物語がそうであるように、人生というものがそうであるように、すでに幕を切った悲劇がそうであるように、そんな日々が続くことはなかった。幸せは、短さゆえに甘いのだ。悲劇はブーメランのごとく舞い戻るのがつねであり、わたしがとびきりの笑みを浮かべていたその時点で、再びわたしたちめがけて舵を切った。

ストーカーは消えたのではなかった。たんに一瞬、標的を変えただけ。わたしからチャンソクに。久しぶりに大学の友だちとの飲み会に出て、チャンソクに会えなかった夜のことだ。チャンソクが遅くまで図書館で勉強し、缶コーヒーでひと息つこうと外へ出たそのとき、ストーカーはまたもや彼を襲った。

マッコリに焼酎《ソジュ》を混ぜて飲んだ翌朝、知らせを聞いたわたしは彼の遺体を確認しに行った。ずたずたに切り裂かれた首を除けば、眠っているように見えた。眠っているだけ、そう見えたのに。彼の冷たい手に触れて初めて死を実感した。何度握り返しても、冷たい手。吐き気がした。えずいているわたしを見て、そばにいた警察官が言った。

「大丈夫か。昨日の酒が残ってるようだ」わたしはなんとも答えられなかった。

違います。これはその、お酒のせいじゃなくて、お酒のせいかもしれないけど、それがどうこういうわけじゃなく、いつもはこんなじゃないんですが、チャンソクがここに横たわってる姿を見てたら、なんだか吐き気がして、ウゥッ。

そしてトイレに走り、吐いた。前夜につまみで食べたそうめんやキムチのチヂミがこみ上げてくるのがわかった。食べたものの次は、飲んだものを吐いた。固形物のない透明な胃液を吐いてようやく、トイレから出られた。でも、胃のむかつきはその後も続いた。

間抜けた警察は犯人を捕まえられなかった。ストーカーは髪の毛一本、痕跡ひとつ残さず姿を消した。まるでチャンソクを殺すのが人生の目標だったとでもいうように。その目標を成し遂げ、きれいさっぱり蒸発してしまったとでもいうように。

わたしはひたすら考えた。チャンソクの葬儀が終わって、彼が白い骨粉になり、川風にふわりと舞うあいだも考えつづけた。考え、考え、また考えた。彼はなぜ死んだのか。死ぬしかなかったのか。起こるべきことは起こってしまうのか。数々の疑問が頭を駆け巡りながらかくれんぼをしていた。ある疑問について考えていると別の疑問が頭をもたげ、その疑問を追いかけるうちにまた別の疑問につかまった。食事も睡眠もとらず、誰にも会うことなくそんな追いかけっこを続けた結果、ひとつの結論に至った。チャンソクはわたしのストーカーに殺された。つまり、チャンソクが生き延びるためには、殺されないためには、わたしに会ってはならなかったということ。わたしたちは出会ってはならなかった。

　頭のなかに、あのときの声が響いた。

「今度はいつに戻るか決めたかな?」

「ええ」

　声は、二回目のチャンスだ、と言って愉快そうに笑った。声の主が誰なのかはどうでもいい。ともかく、その声はわたしにとって、チャンスが生き延びるチャンスをくれる神にも等しいのだから。わたしが答えると同時に、視界は闇に包まれた。


　カレンダーはチャンソクが殺されるふた月前を指していた。わたしが田舎に帰るべきか悩んでいた時期。まだわたしたちが出会う前。そしてまさにこの日、わたしは夜の路地で彼と出会う。彼は今晩、怯えているわたしを見つけて、親しげに「セヨン」と知らない名で呼ぶ。

　だから、わたしは今日あの路地を歩かない。我に返るなり、すぐさまアルバイト先に電話を入れた。急用ができて仕事を続けられなくなったと。今日も行けそうにないと。急なことで本当に申し訳ないが、どうしようもないので理解してほしいと伝えて電話を切った。そのまま荷造りを始めた。スーツケースを引っ張り出して目につくものから入れていった。中身のわからない荷物ができあがった。わたしはスーツケースを引いてまっすぐバスターミナルへ向かい、そこで地元までのチケットを購入した。バスは二十分後に出発した。ここまでが、わずか二時間の出来事だ。ソウルにいるだろうチャンソクに出会う可能性は排除された。今日わたしたちは出会わないだろうし、言葉を交わすことも、翌日に喫茶店で落ち合うこともないだろう。したがって、わたしが彼に告白することもなければ、彼がわたしに提案することもないだろう。毎晩のように夜の路地を歩くことも、ストーカーに目をつけられることもないだろう。そうして彼は、死なずにすむだろう。きっと。

ソウルから三時間、バスはわたしの地元に到着した。急に現れたわたしを見て、母はどういう風の吹き回しだと言いつつも喜んだ。わたしはなにも答えられなかった。会話はおろか、返事もできなかった。その夜、久しぶりに母の手料理を食べ、ごはんをおかわりした。本当なら、チャンソクがわたしに「セヨン」と呼びかけている時間だった。ここでの彼はわたしという人間に出会うことのないまま、生き延びるはずだ。それでいい。お別れはわたしひとり、心のなかで告げればいい。

それから一カ月間、実家から出なかった。そんなはずもないけれど、もしチャンソクが友だちとこの辺りに旅行にでも来て、わたしと出くわしてはいけないから。なにが起きるやもしれないから。両親は黙ってそんなわたしを見守った。

家のなかではいつもどおりの自分を装った。なんでもない、何事もないふりをしたけれど、両親はときおり食事の席で、どうして外へ出ないのかと訊いてきた。わたしは、とくに出かけたいとも思わないからだと答えた。しばらくすると、なにか尋ねられることもなくなり、そんな両親がありがたかった。


ひと月が過ぎると、ときどき外出するようになった。向かいのスーパーに行ったり、近所の公園を散歩したり。さらに時が過ぎると、地元の友だちに会うようにもなった。時には口をききたくなくなる日もあったけれど、生まれ故郷での日々はおおむね平和で安定していた。顔見知りの人々に囲まれた、なんの変化もない毎日。ここで一年ほども過ごせば、すべて忘れられそうだった。チャンソクとの日々も？　それは難しいだろう。でも、今の彼がわたしを知らないという事実、それくらいは受け入れられそうだった。

ぼんやりとそんなことを思いながら、母が朝食に出してくれたスンドゥブチゲと卵焼き、ミツバゼリのナムルを食べ、デザートの果物をつついていた。リンゴと甘柿だった。時間がたったリンゴは茶色く、甘柿は甘みより渋みが際立っていた。甘柿なら甘くあるべきじゃない？　なんで渋みが勝ってるのよ。ソファでわたしの隣に座っている父もまた、名前だけの甘柿を食べながら新聞を見ていた。通り魔、おそらくは社会不適合者と思われる者による殺人事件の記事だった。犯人はまだ捕まっていないらしい。無差別殺人……ソウルにはおびただしい数の人がいるのに、よりによって目をつけられ、理由もなく殺されるなんて。悔しくてたまらないはずのその気持ちがよくわかった。わたしは父の傍らで新聞をのぞき見た。そして、記事の片隅に懐かしい顔を見つけた。

「ソウル市クムジン区の大学生　通り魔に刺殺される」

そこにチャンソクの顔があった。

甘柿の渋みが広がった。

9

　わたしが生まれる前、母と父が結婚する前、母と父が恋に落ちる前、母と父が偶然出会う前、その時点に。わが家の悲劇が始まる前の時点に戻らなければならない。父と母の出会いは間違いだった。ふたりが出会わず、結婚しなければ、わたしは生まれないことになる。けれど、それこそがわたしの望むことだった。母のためなら、自分がいなくなってもかまわない。わたしはその時点に戻るために、子どものころ母に聞いた話を思い出そうと記憶をたどった。

「昔ね、すっごく悪い人がいたの。お母さんを苦しめて、毎日つきまといながら怖がらせて」

「悪い人」

「そうよ。ある日、その悪い人になにかされるんじゃないかとビクビクしながら歩いてたら、向かいからぜんぜん知らない人が急に話しかけてきて、お母さんを悪い人から救ってくれたの」

「わぁ！　良い人だね」

「でしょう？　それがお父さんよ。今はちょっとつらい時期だけど、お父さん、根は良い人なの。だから、あんまり嫌わないであげてね。本当は良い人なんだから」

「知らない。よくわからないし、わかりたくもないや」

母と父は一年間の交際をへて、わたしを授かり結婚を急いだ。その時点へ戻るのだ。


わたしは一九九〇年一月に戻った。ふたりが出会ったのが一九九〇年というところまでは知っていたものの、正確に何月何日のいつどこで出会ったのかを知る手立てはなかったから、その年の一月を選んだのだ。わたしはすぐに母の通っていた大学に向かい、事務員の昼食時を狙って学生名簿を漁った。一九八六年入学、チェ・ヨンヒ。母の名前だった。そこから住所を見つけた。どんな記録もアナログで保管されている時代だから可能なことだった。今のようにいちいちパスワードを求めるシステムだったら、こうはいかなかっただろう。

それからは、母を尾行しつづけた。若かりしころの母、わたしを授かる前の母は、思ったよりずっと美しく生き生きしていた。その姿をそのままに守ってあげたかった。

父やわたしのような不純物に人生を邪魔されないように。

　母のアルバイトは夜遅くに終わった。わたしは母の夜道に同行した。自分と同じ年ごろの母について歩くのは妙な気分だ。家を追い出され、あてもなく路地を徘徊していた幼少時代が思い出された。母はときおり、わたしの足音に耳を澄ませているようだった。平然と歩きつづけることもあれば、突然走り出すこともあった。母が走り出すと、あとを追うのをやめた。

　それまで以上に気配を殺すようになったものの、それでも母が急に走り出すことはあった。その後ろ姿を見て、わたしはにわかに悲しくなるのだった。未来から来たわたしは母に逃げられることで、まるで怪物扱いされている気分になった。間違いではない。わたしは母の身に降りかかる、あらゆる不幸の種だった。絶対に母の前に姿を現してはならない。今のような恐ろしい自分を見せる勇気もない。時には部屋に忍びこんで、電話帳や手帳を調べた。ひょっとしてわたしの知らないあいだに父と出会っていはしないかと。しかし、今のところ部屋や手帳に父の痕跡は見られず、そのまま部屋をあとにするのだった。

　自分が生まれる前の過去へやって来ると同時に、空腹を感じなくなった。きっと、未来の時間が止まってしまったからだろう。眠気を感じることもなかったけれど、長く退屈な一日に耐えるには睡眠も必要だった。近所の公園で寝ることもあれば、地下鉄の駅でホームレス体験をすることもあった。母の通う大学の学生を装って、休憩室や図書館で寝たこともある。

やがて、近隣のバラック街に空き家を見つけ、そこで時間をつぶすようになった。母を尾行しない日には、その廃墟で考え事に身をやつした。考え、考え、また考えた。いくら考えても答えはひとつ。ふたりが恋に落ちる前に父を殺すこと。運命とは、たとえその瞬間でなくても出会いを成し遂げるものだ。だから、ふたりが永遠に出会うことのないようどちらかを消し去らなければならない。わたしは未来から持ってきた唯一のもの、果物ナイフを握りしめた。

そしてある日、夜の路地で母と父が出会った。父が母に「セヨン」と呼びかけ、母はたじろぎながらも「チャンホ」と答える。母の名はセヨンではなくヨンヒで、父の名はチャンホではなくチャンソクだ。しかしわたしは、男を見るなりひと目でそれが父だとわかった。ふたりは親しげに話を交わしているけれど、少し注意して見れば誰の目にも、互いに知らない者同士なのだとわかるだろう。彼らが話をでっちあげながら、こちらを意識しているのがわかった。ふたりはそのまま夜の路地を歩いていった。わたしはその日、それ以上母を追えなかった。

「昔ね、すっごく悪い人がいたの。お母さんを苦しめて、毎日つきまといながら怖がらせて」

「悪い人」

母を苦しめ、毎日つきまとって怖がらせていた悪い人、それが自分だということに、未来から来た息子、悲劇の証拠、不幸の種である自分だということに今さら気づいた。そんな、そんな……。時間を巻き戻してやると愉快そうに笑っていた声の主は、神などではなかった。悪魔だった。

廃墟に舞い戻って閉じこもった。そして、また考えはじめた。考え、考え、また考えた。これはどういうことだろう。つまり、母と父を結び合わせたのは未来から来た自分だったということだ。母を守ろうとしたのに、結局は母を苦しめ、こんな結果を招いてしまった。わたしこそが母の言う悪い人で、良い人としての父に出会わせた。すべては自分のせいだった。未来から来た自分がふたりを結びつけ、恋に落ちさせた。そしてふたりを不幸にした。

わたしは絶望に打ちひしがれた。自分の選択を後悔した。人生で、後悔のない選択をしたことが一度でもあったろうか。すべての選択は後悔の連続で、それは今回も同じだった。でも、今さら引き返すこともできない。これが三度目の、最後のチャンスなのだ。ふたりがわたしのために出会おうと、わたしのために結婚しようと、もうどうでもいい。その原因が自分であると判明した今、ふたりの未来、そして自分の現在と絶望を知った今、わたしに与えられた選択肢はひとつ。当初の計画どおり父を殺すのだ。

翌日、彼らの通る路地の一角に身を潜めた。父と母が手をつないで「きらきら星」を交互に歌う声が聞こえてきた。「きらきら光る お空の星よ……」ああ、この歌。母がわたしの手を握って、寒い夜道を徘徊しながら口ずさんだ歌。それも結局は、わたしではなく、父に捧げた歌だったのだろうか。未来のことなど知らない幸せいっぱいの彼らが痛ましく、羨ましかった。羨ましく、やりきれなかった。あまりのやりきれなさに、わたしはその狭い路地で、母を家まで送って戻ってくる父を待ちながら泣いた。若かりしころの父と鉢合わせるまで泣きつづけた。

なぜこんなことになってしまったのか。母と父はなぜ今のように幸せなふたりでいられなかったのか。こんなにもきらきらと輝くふたりだったのに。胸元に忍ばせたナイフを捨てようかと悩んでいたそのとき、しゃがみこんでいたわたしの肩に手をかける者がいた。どこまでも透き通る、きらきらと輝く小さな星をたたえた瞳がこちらを見ていた。

彼が言った。

「寒いでしょう？　大丈夫ですか？」

ああ、わが父は哀しくも、わが若き父は母の言うとおり、良い人だった。

そしてわたしは、胸元のナイフを握りなおした。

「良い人」である父に心を揺さぶられたせいで、彼を一度で仕留めるのに失敗した。突然の攻撃に父は危うく転びそうになったが、むしろそのために、ナイフは肩口をかすめただけだった。それからはせめぎ合いが続いた。体格や力では父にかなわずとも、わたしには武器と覚悟があった。これで本当に最後なのだと。わたしが腹を狙うと、父は脚を蹴り返してきた。派手に転んだわたしは這いつくばったまま、逃げようとする父の足首をつかんだ。大きな音とともに父が倒れた。わたしはその上にまたがった。そして息を弾ませながら、父の首めがけてナイフを振りかざした。

ブスリ。

刃が肉に食いこむ音がした。父の首に傷はなかった。どこからか流れ落ちる血が地面を赤く染めていく。血はどこから？　見ると、わたしの腹から流れていた。刺されたのは父ではなくわたしだった。振り向くと、そこに母がいた。若い母の手に包丁が握られている。わたしの手から力が抜け、ナイフが地面に落ちた。その隙に、組み敷かれていた父がわたしの下から這い出た。自由になった父は塀に背を預けて、途方に暮れていた。魂の抜けたような顔で。母はそんな父に近寄って、けがはないか、出血はしていないかとひとつとおり確かめてから、父をぎゅっと抱きしめた。わたしの腹から、とめどなく血が流れ出した。ゆっくりと閉じていくまぶたの裏に映ったのは、ほほ笑ましくも愛おしい恋人同士の姿だった。最後に母の「きらきら星」を聞きたいと思ったけれど、彼女はわたしのために歌ってはくれなかった。視界が霞み、体が軽くなっていく。わたしは三度のチャンスを使い果たし、結局、過去の父を殺すことができなかった。それなら、未来はどうなるのか？

「どうなるもなにも、なにも変わらないさ」

あの声が聞こえた。そのとおり。起こるべくして起こることは、やはり起こってしまうのだ。

10

これで最後だ。今回がチャンソクを生かす最後のチャンスだった。その記事を見つけたと同時に頭のなかにあの声が響き、わたしは迷わずあのときに、チャンソクが殺される日に、家の前で彼と別れる直前に戻った。黒い服の男と遭遇できるのはこの日しかない。

本来の「あの日」のように、チャンソクとおやすみの挨拶を交わして別れた。久しぶりに聞く彼の声に泣きたくなったけれど、そんな余裕さえなかった。チャンソクと別れるが早いか、わたしは部屋に駆けこんで包丁をつかんだ。そして、まだそう遠くまで行ってはいないだろうチャンソクのあとを追った。懐にそっと包丁を忍ばせて。

路地を歩いていたチャンソクは、ふいに塀の陰へ頭を振り向けた。そこに誰かがいた。黒い服の男。男はしゃがみこんでうつむいている。見て見ぬふりのできないチャンソクが彼に近づいて「大丈夫ですか?」と声をかけた。瞬時に返ってきたのは、返事ではなく果物ナイフだ。男の手つきはどこかおぼつかず、チャンソクは驚いてよろけたおかげで攻撃を避けられた。

わたしは懐の包丁をぎゅっと握りしめ、彼らを見守った。まだ絶好のタイミングではなかった。男とチャンソクのせめぎ合いが続いた。男がチャンソクの腹を狙い、チャンソクが男の脚を蹴った。転んだ男が逃げようとするチャンソクの足首をつかんで倒した。そして一瞬の合間にチャンソクの上にまたがり、ナイフを振り上げた。

今だ。


ブスリ。

わたしは男の腹を刺した。硬く薄い鉄が生きたものを貫く感触におののいた。包丁をひねると、タプタプと揺れ動く内臓が感じられた。地面に血だまりができていく。男はチャンソクを傷つけようとしていたナイフを落とし、こちらを振り仰いだ。状況を理解できないという困惑は、わたしを見るや驚きへと変わった。驚きはやがて、理由の知れない歯がゆさに取って代わったようだった。男はそのまま、どさりと地面に倒れた。

その隙にわたしは放心状態のチャンソクのもとへ行き、彼の体を確かめた。さいわい、ナイフは肩をかすめただけだった。倒れている男の瞳がこちらを向いた。その目があまりに悲しげで見ていられず、わたしはチャンソクに抱きついた。生きているチャンソクの手がわたしの背中を撫でた。この人がいればいい。この人が死なずにすんだのだからそれでいい。

次に振り返ったとき、男は地面に転がったまま、まぶたを閉じていた。わたしを何カ月も苦しめたストーカーなのに、チャンソクを何度も殺そうとし、実際に殺した忌々しい存在なのに、男が目を閉じて横たわっていることが悲しくてたまらず、その場にへたりこんで泣いた。自分がなぜ泣いているのかもわからないまま、静かな路地に響き渡るほどの声で、いつまでも。

とめどなく泣きつづけるわたしに、チャンソクがそっと話しかけた。

「ヨ、ヨンヒ、あれ……あれを見ろ」

男の体が少しずつ透き通っていくようだった。濃度百パーセントの絵の具に水を加えていくかのように、男の体は徐々に色を失っていった。まるで、この世界から蒸発していくかのように。わたしは地面を這って、薄れていく男に近づいた。そして、足のほうから消失していく男の体がついに頭だけになったとき、わたしはその頭を胸に抱いて言った。

「ごめんね……」

そうして黒い服の男は完全に消え去った。

11

わたしの話は、ここまで。これ以上は、いかなる言葉も伝えることができない。わたしの握っていた包丁がわたしの首を突き刺し、その冷たい鉄片に遮られて声を出せないから。

12

今朝、目が覚めるなりお鮨を食べたいと思った。不思議なこともあるものだ。食欲なども久しく感じたことがなかったのに、これが食べたい、と思うことがあるなんて。

「ねえセホ、お鮨が食べたいの」

セホ。わたしとチャンソクの子どもの名前。わたしたちが初めて会ったとき、彼はわたしをセヨンと呼び、わたしは彼をチャンホと呼んだ。わたしたちはあのときでたらめに呼んだ名前から一文字ずつ取って、子どもの名前をつけた。セホ、最後に声に出して呼んだのはいつのことだろう。

セホがまだ小さかったころは日に何十回と口にしていたのに、いつの間にかその名を呼ばなくなった。呼ばなくなったというより、呼べなかったというほうが正しいだろう。おそらくは、徐々にあの子の背が伸び、顔立ちがはっきりしてきたころから。わたしはどうしても、わたしたちがつけた名前であの子を呼べなくなった。成長していくあの子の顔が、どんどん「黒い服の男」の顔に近づいていったから。

どうして忘れられるだろう。四度もチャンソクを殺そうとし、そのうち三度は実際に殺し、最後はこの手で殺めた男の顔を。目の前でこつぜんと消えてしまったあの男を。わたしたちの子どもが、あの男になりつつあった。あの子が高校生になり、成人するにつれてますますはっきりしてきた。わたしはあの子を愛していたけれど、正面から見ることも、名前を呼ぶこともできなかった。だからなにもしなかった。あの子を見ようとも、名前を呼ぼうともしなかった。認めたくない現実から逃げるには、目を背けるしかなかった。

やはり不思議な日だ。今日ふと、すべてが面倒になった。チャンソクはすでにあのころのチャンソクではなく、わたしもまたあのころのわたしではないのだから、もうどうでもいいじゃないか、そんな気になった。かつて人を殺してまで守り抜いた人が、人生に打ちひしがれて落ちるところまで落ちた姿を見守ることにも疲れ、忌々しい男と同じ顔をした愛するわが子に罪悪感を覚えることにもいいかげんうんざりだった。記憶の彼方にある過去に囚われつづけている自分自身にも嫌気がさした。なんとなく、という言葉がぴったりだった。数えきれないほどの日々に耐え、乗り越えてきた。でも、これといったきっかけも出来事もなく、なんとなく、もういいと思った。そしてふと、お餡が食べたくなった。

わたしが目を背けつづけてきたあの子は、わたしの小さなつぶやきを聞いてすぐに、薄い上着を引っかけて飛び出していった。「そんなんじゃ寒いわよ。お財布にお金は入ってるの？　急がなくていいから、転ばないよう気をつけて」そんな言葉が喉元までこみ上げてきたけれど、口に出すことはできなかった。いちばん伝えたかったのは、ごめんね、という言葉。でもどうやら、わたしはあの子が買ってくるお鮨を食べられそうにない。

わたしは今、チャンソクを見ていた。正しくは、酒に酔って瞳孔の開いたチャンソクと、彼がわたしに向かって振り上げている果物ナイフを。彼の魂は今、ここにない。はるか遠くの空や海、はたまた地中深くのどこかをさまよっているのだろう。

チャンソクがこうなってしまったのは、会社がつぶれてからのことだ。父親が苦労して築き上げたものをそのままあっさりと引き継いだチャンソクは、波にさらわれる砂の城のごとく一瞬で崩れ落ちていく現実を受け入れられなかった。そんなふうにつぶれた会社と、会社の主である自分自身を受け入れられなかった。わたしをときめかせたチャンソクのなかの「良い人」も、会社とともにすっかり消え失せた。だから彼は、今わたしに向かって果物ナイフを振り上げているのだ。果物ナイフ。本来切るのは果物であるべきなのに、今わたしを脅かしているこのナイフ。あれを見たことがある。ずっと昔に。そしてわたしは悟った。これは二十年以上前に、黒い服の男が振りかざしていたナイフだ。

そしてとうとう、正気を失ったチャンソクが向こう見ずに振り回したナイフに首を掻き切られた瞬間、わたしはすべてを理解した。黒い服の男とわが子がなぜ同じ顔をしているのか、わたしはなぜあのとき泣きつづけたのか、あの子がなぜ過去のチャンソクを殺そうとしたのか、なぜあの子自身が消失してしまったのかを。床はすでに、わたしの首から噴き出した血で濡れている。チャンソクの表情を見たいのに、首が持ち上がらない。遠くから、あの子がお鮨の入ったビニール袋を手に走ってくる音が聞こえてくる。意識が徐々に薄れていく。ごめんね、一緒に食べられなくて。でもわたしは、すでに三度のチャンスを使いきってしまったから、もうやりなおせない。数十年ぶりに聞く声が、頭のなかで愉快げに笑う。

「クックックッ。起こるべくして起こることは、やはり起こるのだ」

わたしは目を閉じる。
あの子が玄関をくぐる音を最後に、すべての音が途絶える。

著者あとがき

この作品集に収められている初めての短篇「オーバーラップナイフ、ナイフ」を書いていたとき、わたしの頭にはこんな疑問が浮かんでいました。こういう物語を書いていいものだろうか？　当時のわたしにとって小説とは、「賢くて立派な作家の完璧なコントロールのもとに、きわめて精巧につくり出された深みのある芸術作品」といった印象があったからです。そのため、なんだかやってはいけないことをやっているような後ろめたさまで覚えました。

とりわけ寒い冬だったと記憶しています。小説を書いてどうしようというのか、こんな書き方でいいのか、なにひとつ確かなものはありませんでした。それでも、書けそうだという思いひとつで書きつづけました。当時のわたしは、自分にはできることも、得意なこともない気がしていて、最後までやり遂げられそうなことを探そうと必死だったからです。

そんなふうに一篇の小説を完成させたおかげで、こうして個人の短篇集を出すまでに至りました。わたしにとっては意味深い、愛着のある一冊です。ここには「オーバーラップナイフ、ナイフ」のほかにも、自信がなくて表に出せないでいた三つの物語が収められています。不確かな、生のままの想念を具体化した結果物。永遠に日の目を見られなかったかもしれない物語たちを世に送り出すチャンスをくれた出版社のみなさまに、心より感謝をお伝えしたいと思います。

すべての創作活動にあてはまることだと思いますが、日に日にためらいがちになっているのを感じます。時には最初の短篇を書いたときのように、なにも知らずに突っ走っていたころを懐かしく思うこともあります。でも、わたしの作品に登場する人物たちはあのころと変わらず、今後も一線を超えてまっしぐらに突き進んでいきます。どうかその行き先を見守っていてください。読者のみなさまが物語のその後を想像できることほど嬉しいことはありません。

チョ・イェウン

訳者あとがき

四篇がそれぞれに異なるテイストをもつ本書の著者チョ・イェウンは、韓国で今乗りに乗っている新鋭作家のひとりだ。韓国の大型オンライン書店〈yes24〉が実施した「2024年韓国文学の未来を担う若い作家」投票では、堂々の第三位に選ばれている。本書に収録されている「オーバーラップナイフ、ナイフ」で第2回黄金の枝タイムリープ公募展優秀賞を受賞して以降、着々と作品発表に努めてきた著者は、二〇二二年からは単独で年に数冊の長篇や短篇集を出し、合間にさまざまなアンソロジーにも参加している。なかでも本書は十万部突破の大ヒットを飛ばし、今も多くの読者が手に取りつづけている。

表題作の「カクテル、ラブ、ゾンビ」もまた、随所でスコーンと爽快な打撃音を響かせる作品だ。韓国でも一時期「ゾンビ文学賞」なるものが登場するほど、今やゾンビはわたしたちのエンタメ生活に欠かせないものになっているが、ここで描かれるのは「ゾンビがいる生活のリアル」。生活していくための「仕方ない」が連鎖した末に、ゾンビになった父親は「仕方なく」家族によって始末される。とくに、いったん腹をくってからの母親の豹変ぶりは圧巻。読み手にもガッツポーズを決めさせてくれる。「ちゃんと生きていける。父がいなくても」と言われれば、世のお父さんたちはさぞかし悲しいことだろう。だからこそ平和の保たれている常日頃から、わが身を振り返っていただきたいものである。

巻頭の「インビテーション」は、これまたたっぷりのカタルシスを感じさせてくれる作品だ。指輪作りの教室を開く主人公のもとに、ある日、これといった特徴(主張)のない女がひとりでやって来る。女の耳たぶのほくろはあたかも穴のように見え、それが主人公をじわじわと内なる闇へといざなう。つねに受け身だった主人公は、自分の分身ともいえそうな女からの「許された訪問」を受け、そこで、おそらくは生涯で初めての解放感を得る。

続く「湿地の愛」は、なんとも純粋な、ある意味で神話的な物語だ。人の世においては「名前=個」であり、誰かに名前を呼ばれない者は存在さえもあやふやになってしまう。ムルとスプのやりとりとかけあいがほほ笑ましくも、寂しき者たちの姿に胸の片隅が痛くなる。一方で、自然界と人間界の境界の物語のようでもあり、あたかも人間以外のものをないがしろにする社会に警鐘を鳴らしているかのようだ。ラストで「木の根」を形作るふたりの手と手は新たな自然神の誕生を想わせ、その混沌の果てになにが待っているのかを想像するのは読者の仕事だ。

ラストを飾る「オーバーラップナイフ、ナイフ」は見事としか言いようのないタイムパラドックスもの。ドラマ化されただけあって骨太で読み応えのある物語は、あるふたつの視点から交互に進む。「もしも〜だったら」は、果たして運命に逆らえるのか。ここではあえてこれ以上触れないでおきたい。

「著者あとがき」にもあるとおり、ここにあるのは、わたしたちの代わりに一線を超えてまっしぐらに突き進んでいく登場人物たちの物語だ。ホラーの先にある、この爽快感と充足感。ぜひあなたにも味わっていただきたい。

カン・バンファ

【著者紹介】

チョ・イェウン

◉——作家。2016年に短篇「オーバーラップナイフ、ナイフ」で第2回黄金の枝タイムリープ公募展で優秀賞を受賞し、作家デビュー。KBSでスペシャルドラマ化された。また、本作が収録された『カクテル、ラブ、ゾンビ』は10万部突破のベストセラーとなる。

◉——著書に『ニューソウルパーク ゼリー売りの大虐殺』『テディベアは死なない』『トロピカル・ナイト』(いずれも未邦訳) などがある。良い話とはなにかについて悩みながら作品活動を続けている。

【訳者紹介】

カン・バンファ

◉——翻訳家。韓日・日韓翻訳講師。訳書に、キム・チョヨプ『わたしたちが光の速さで進めないなら』『この世界からは出ていくけれど』(共訳、早川書房)、チョ・ウリ『私の彼女と女友達』(書肆侃侃房)、キム・ダスル『誤解されても放っておく』(三笠書房) ほか多数。

カクテル、ラブ、ゾンビ

2024年9月2日　第1刷発行

著　者——チョ・イェウン
訳　者——カン・バンファ
発行者——齊藤　龍男
発行所——株式会社かんき出版
東京都千代田区麹町4-1-4 西脇ビル　〒102-0083
電話　営業部：03(3262)8011㈹　編集部：03(3262)8012㈹
FAX　03(3234)4421　振替　00100-2-62304
https://kanki-pub.co.jp/

印刷所——TOPPANクロレ株式会社

ISBN978-4-7612-7756-7 C0097